S0-AYA-086

COLLECTION FOLIO

Annie Ernaux

Les armoires vides

Gallimard

Annie Ernaux, née à Lillebonne (Seine-Maritime), est professeur de lettres modernes. Elle a publié *Les Armoires vides* (1974), *Ce qu'ils disent ou rien* (1977), *La femme gelée* (1981), *La Place* (1984).

« J'ai conservé de faux trésors dans des armoires vides
Un navire inutile joint mon enfance à mon ennui
Mes jeux à la fatigue »

Paul Eluard
(La Rose publique)

Toutes les heures, je fais des ciseaux, de la bicyclette, ou les pieds au mur. Pour accélérer. Une chaleur bizarre s'étale aussitôt comme une fleur quelque part au bas du ventre. Violacée, pourrie. Pas douloureuse, juste avant la douleur, un déferlement de tous côtés qui vient cogner contre les hanches et mourir dans le haut des cuisses. Presque du plaisir.

« Ça vous chauffera une minute, juste le temps d'enfoncer. » Une petite sonde rouge, toute recroquevillée, sortie de l'eau bouillante. « Elle va se prêter, vous verrez. » J'étais sur la table, je ne voyais entre mes jambes que ses cheveux gris et le serpent rouge brandi au bout d'une pince. Il a disparu. Atroce. J'ai engueulé la vieille, qui bourrait d'ouate pour faire tenir. Il ne faut pas toucher ton quat'sous, tu l'abîmerais... laisse-moi embrasser les petits bonbons, là, entre les lèvres... Crocheté, bousillé, colmaté, je me demande s'il pourra jamais resservir. Après elle m'a fait boire du café dans un verre pour nous remonter. Elle n'arrêtait pas de parler. « Faut beaucoup marcher, oui, aller à vos cours, sauf si vous perdez de l'eau. » Au début, pas facile de marcher avec tout ce coton et ce tuyau qui ferraille le ventre. Descendre l'escalier, un pied après l'autre. Une fois dans la rue, j'ai été étourdie par les gens, le soleil, les voitures. Je ne sentais rien, je suis rentrée à la Cité.

« Vous aurez des contractions. » Depuis hier j'attends, lovée autour de mon ventre, à guetter les signes. Qu'est-ce que c'est au juste. Je sais seulement que ça meurt petit à petit, ça s'éteint, ça se noie dans les poches gorgées de sang, d'humeurs filantes... Et que ça part. C'est tout. La tête à plat dans l'odeur de la couverture, le soleil qui me cuit des genoux à la taille, une marée tiède à l'intérieur, pas la moindre crispation en surface, tout se passe dans les plis et les replis à des kilomètres. Sans rapport avec les planches anatomiques. Je resterais bien jusqu'au soir, tout le temps, dans cette vague posture de yoga. Le soleil traverserait la peau, décomposerait les chairs et les cartilages, la bouillie filerait en douceur à travers le tuyau... Rien à espérer. Ça ne partira pas comme ça. Ne plus accélérer, retirer mes jambes du mur.

Travailler un auteur du programme peut-être, Victor Hugo ou Péguy. Quel écœurement. Il n'y a rien pour moi là-dedans sur ma situation, pas un passage pour décrire ce que je sens maintenant, m'aider à passer mes sales moments. Il y a bien des prières pour toutes les occasions, les naissances, les mariages, l'agonie, on devrait trouver des morceaux choisis sur tout, sur une fille de vingt ans qui est allée chez la faiseuse d'anges, qui en sort, ce qu'elle pense en marchant, en se jetant sur son lit. Je lirais et je relirais. Les bouquins sont muets là-dessus. Une belle description de sonde, une transfiguration de la sonde... Le dictionnaire médical que j'ai emprunté à ma voisine de chambre est bourré de détails atroces, de sous-entendus sinistres. Ils s'amusent à faire peur, on ne peut pas mourir d'un petit filet d'air. Les grenouilles pourtant, quand on les fait péter avec une paille... Plutôt crever. Ne plus nager dans la nausée, les relents fades, crémeux, bouffer des aliments brusquement immondes, voir des kilomètres de charcutaille en rêve, des couleurs comestibles dans les vitrines. Devenue en deux mois une chienne flairante prête à recracher la pâtée dans son plat... vert empoisonné des épinards, rouge mercurochrome des tomates, croûtes suspectes du bifteck grillé. Un goût continuel de viandox ranci, à croire que ça se développe dans l'estomac comme un ulcère. Les bouquins me soulèvent le cœur. Je joue à l'étudiante, je prends des notes, j'essaie d'écouter, je suis en transit, dire que je voulais être agrégée, critique ou journaliste. Je n'aurai peut-être pas l'examen de juin, ni d'octobre... Ça partira peut-être de travers.. Ça ne sert à rien de travailler. « Qui veut prendre l'exposé sur Gide ? »

Un regard circulaire de Bornin sur l'amphi. Je ne pourrais pas écrire trois lignes d'affilée, je n'ai rien à dire sur Gide ni sur qui que ce soit, je suis factice, les bouteilles gaufrées à la devanture de chez mes parents, factice aussi Bornin avec ses mots suçotés, son sexe racorni, informe, ses mains me passent devant la figure, il sait sûrement, la face d'œuf grasse et vicieuse, il s'élargit, le flot de viandox est arrivé au bord de la bouche, j'ai bien serré les dents, si j'étais sortie, tout le monde aurait su que j'étais enceinte. La déchéance, c'est ça. Plutôt crever.

Un élancement, le premier, zigzague, éclate en points mous. Un beau feu d'artifice à l'intérieur, avec des tas de couleurs somptueuses sans doute. Plus chaud, un rien, le fin du fin du plaisir. Je ne jouirai peut-être plus jamais si tout se déglingue à l'intérieur. Le châtiment. S'ils me voyaient... « Tu finiras mal. » Quant l'ont-ils prononcée pour la première fois, les vieux, leur vieille prédiction. Il y a un mois, j'ai failli leur lancer à la figure que j'étais enceinte, pour voir la catastrophe, les voir virer au bleu, se convulser, les vieux masques de tragédie permanente, hurler hystériques et moi crier de joie, de rage, qu'ils ne l'avaient pas volé, que c'était à cause d'eux que je l'avais fait, eux, moches, minables, péquenots. Je n'ai rien pu dire. Pour me débrouiller seule d'abord, ils m'en auraient empêchée. Ces choses-là, je n'oserai jamais les leur dire. Ils ne se sont jamais doutés... Ils ont tout fait pour moi... Il dînent, comme ils disent, sur la toile cirée aux petites pâquerettes, du poulet et des pois extra-fins, les meilleurs, elle dit qu'ils pourraient aller voir ce qui se bâtit aux Cèdres, les constructions de magasins, les boutiques en face, c'est de la concurrence, il répond que ça l'emmerde, ils s'engueulent. C'est comme si j'y étais. Je ne veux pas penser à eux, à leur commerce. Je n'arrive pas à faire un lien entre eux et les murs tout neufs, tout propres ici, le coin toilette nickel, les étagères à bouquins. Je ne suis pas la fille Lesur ici. Etudiante. Des feuilles partout dans le parc de la Cité, ça ruisselle, c'est éblouissant, dans les allées, sur les voitures stationnées aux bord des grilles. Presque un tableau de Monticelli. Il me reste encore de la culture, la peinture jusqu'au bac, je ne connaissais rien, des gravures découpées dans *Lectures pour tous*. Ne pas pouvoir cavaler en écrasant les feuilles avec des giclures de tous les côtés, les rais du soleil dans les arbres qui scient au passage, l'air râpeux entre les dents pour laver le goût de rance. Seulement me coucher sur le dos, sur le ventre, écarter les genoux, me lever d'un coup de reins, m'asseoir en tailleur, la gymnastique pré-abortum. Il rirait bien, le petit salaud, la lavette bourgeoise... Me palper, imaginer le moment où ça se déclenchera, un obus, un ballon de foire, un geyser débondé, n'importe quoi.

Le châtiment, la correction par personne interposée. Embraquée par une petite sonde rouge. Vingt ans pour en arriver là. La faute de personne. Moi toute seule, moi d'un bout à l'autre. Qui. D'abord la fille de l'épicier Lesur, puis la première de la classe, tout le temps. Et la dadaise en socquettes du dimanche, l'étudiante boursière. Et puis rien peut-être, tringlée par la faiseuse d'anges. Moi et les boîtes de flageolets dans la vitrine, le manteau rouille que j'ai porté trois ans, les livres, les livres, çui-là est-ce que tu l'as, l'herbe écrasée de la kermesse en juillet, la main douce, il ne faut pas... Des gens partout, titubants, gesticulateurs. Ils s'avancent, violacés, les mains pendantes, il en sort de tous les coins, les vieux kroumirs, les braques de l'hospice à côté, les vicieux toujours la main quelque part, ceux qui achètent du corned-beef et le font marquer dans le cahier. Ils ont toujours su que je les méprisais, la fille à Lesur elle pourrait servir des patates. Ils la tiennent leur vengeance. Secrétaire, dactylo, c'est du connu, les filles aux mains blanches, aux ongles rouges, un brin fiérotes. Etudiante, c'est trop spécial, étudier quoi, les lettres, le noir, le brouillard, ils s'arrêtent, paumés, heureusement, de toute façon les vieux ne sauraient pas leur expliquer. Harponnée. Un geste brusque, ça va finir dans les gargouillis prévus par le dictionnaire. Ils l'apprendront, ils iront bavacher dans l'épicerie avec des yeux allumés « ça c'est passé comment », il y aura la queue derrière le comptoir. Une livre de pommes, un bout de port-salut comme entrée en matière. Ils s'agiteront, mes parents, ils feront ceux qui ne comprennent rien « avec ça madame ». Tous les clients plantés sur le pavé crevassé, rongé par l'alcool à brûler, le vinaigre, agglutinés pour attraper quelques bribes. Un kyste mal placé, une tumeur, une veine qui a claqué quelque part. Laver tous les soupçons. Ils n'y arriveront pas face à ces petits yeux fouineurs. Je les connais. Ils sont venus tant de fois acheter leur dîner, quémander huit jours de crédit, raconter leurs misères, respect humain, pudeur, décence, des mots pas pour eux. Depuis l'enfance jusqu'à la fac, je les ai vus, incrustés au milieu de l'épicerie, affalés sur les chaises du café, vieux décor délavé, bavard, toujours à l'affût. Ils me regardaient en train de mettre ma chemise, de me débarbouiller dans la cuvette de la cuisine, de faire mes devoirs sur le coin de la table. Ils me posaient des questions « t'es belle comme un chou, Ninise, où c'est que t'as eu ta robe ? Qu'est-ce que tu feras plus tard ? Bistrote aussi ? Tire pas la langue, tu veux la fessée déculottée, dis ? » S'ils avaient pu, ils m'auraient malaxée, bouffée, les gagas du café quand j'étais gosse. Si je n'avais pas été la fille Lesur, l'épicerie-café Lesur, si je n'avais pas tout détesté à partir d'un moment, si j'avais été gentille avec les vieux « on est tes parents, tu sais ». Les remords qui viennent. Je ne pouvais rien souffrir. Tout reconstituer, empiler, emboîter, une chaîne de montage, les trucs les uns dans les autres. Expliquer pourquoi je me cloître dans une piaule de la Cité avec la peur de crever, de ce qui va arriver. Voir clair, raconter tout entre deux contractions. Voir où commence le cafouillage. Ce n'est pas vrai, je ne suis pas née avec la haine, je ne les ai pas toujours détestés, mes parents, les clients, la boutique... Les autres, les cultivés, les profs, les convenables, je les déteste aussi maintenant. J'en ai plein le ventre. A vomir sur eux, sur tout le monde, la culture, tout ce que j'ai appris. Baisée de tous les côtés...

Le café-épicerie Lesur, ce n'est pas rien, le seul dans la rue Clopart, loin du centre, presque à la campagne. De la clientèle à gogo, qui remplit la maison, qui paie à la fin du mois. Pas une communauté mais ça y ressemble. Il n'y a pas un endroit pour s'isoler dans la maison, à part une chambre à l'étage, immense, glaciale. L'hiver, c'est mon pôle Nord et mes expéditions antarctiques quand je me glisse au lit en chemise de nuit, que j'ouvre mes draps humides et rampe vers la brique chaude enveloppée d'un torchon de cuisine. Toute la journée on vit en bas, dans le bistrot et dans la boutique. Entre les deux un boyau où débouche l'escalier, la cuisine, remplie d'une table, de trois chaises, d'une cuisinière à charbon et d'un évier sans eau. L'eau, on la tire à la pompe de la cour. On se cogne partout dans la cuisine, on y mange seulement quatre à quatre vers une heure de l'après-midi et le soir quand les clients sont partis. Ma mère y passe des centaines de fois, avec des casiers sur le ventre, des litres d'huile ou de rhum jusqu'au menton, du chocolat, du sucre, qu'elle transporte de la cave à la boutique en poussant la porte d'un coup de pied. Elle vit dans la boutique et mon père dans le café. La maison regorge de clients, il y en a partout, en rangs derrière le comptoir où ma mère pèse les patates, le fromage, fait ses petits comptes en chuchotant, en tas autour des tables du bistrot, dans la cour où mon père a installé la pissotière, un tonneau et deux planches perpendiculaires le long du mur, près de l'enclos aux poules.

Ils arrivent à sept heures du matin. Quand je descends l'escalier en chemise, je les aperçois déjà. Harnachés de canadiennes, de sacs bosselés par la gamelle. Ils écrasent leur main contre le verre, ils s'y cramponnent sans parler. Ils vont à l'usine de bois, au chantier de construction. Le midi, ils bagottent déjà plus et le soir, ils ont leur chouïa dans le nez. C'est avec eux que la fête commence, ils rejoignent ceux qui sont restés là tout l'après-midi, les petits vieux de l'hospice, glousseurs et vicieux, les longues maladies, les accidents du travail aux pansements grisâtres.

Mon père, il est jeune, il est grand, il domine l'ensemble. C'est lui qui détient la bouteille, il mesure la quantité au millimètre près, il a l'œil. Il engueule ma mère « t'en mets toujours trop, t'as pas le compas ». De toutes les tables et d'aucune. « Pas faire de jaloux. » Résistant aux supplications « t'as assez bu, rentre chez toi, ta femme t'attend ». Il modère les farouches, ceux qui n'en ont jamais assez, qui cherchent des noises « je vais aux gendarmes, ils vont te dessaouler ». Le regard fier au-dessus des clients, toujours en éveil, prêt à flanquer dehors celui qui bronche. Ça lui arrive. Il tire la chaise du gars, le lève par le collet et le mène sans se presser jusqu'à la porte. Magnifique. Comme ça que je le voyais à cinq ans, à dix ans encore. Heureuse que j'étais, à l'aise. Coulée entre deux tables, je piétine malignement une musette abandonnée, ça craque « va-t'en de là, Ninise, t'embête les gens ». Mon œil ! Je reste avec les bonshommes du café, ils sont trop passionnants. Pas un pareil. Alexandre, l'armoire à glace « alors la gosse, tu travailles bien à l'école ? » Ses gros yeux roulent furieusement dans sa figure de toutes les couleurs, un vrai arc-en-ciel, rose de fraise, violet, mauve au bord des poches. Il dérouille sa femme. Il envoie sa fille Monette chercher la goutte à neuf heures le soir. Le père Leroy, blanc comme un linge, et ses monologues politiques « ils ont renversé le cabinet, ils ont augmenté le bifteck, quand on mangera plus... » Tout se déglingue dans sa bouche grise. Je frissonne en l'écoutant. Bouboule, c'est autre chose, Bouboule, le petit barbouilleur de murs, assis à califourchon sur une chaise « une bière, patron, viens là toi ». Il me tire par une boucle. De tout près, la chair brune, les dents écartées sur le rire qui gargouille, un genou pointé dans mon ventre. Le monde des garçons et des hommes à quelques centimètres. « Faut pas aller avec les gars », dit ma mère. « Lâche-moi, gros con, tu me fais mal. — Fais-moi bonjour pour la peine. » Personne ne me voit, je frotte mes lèvres rentrées — c'est la première fois — à quelque chose de mou, d'odorant, de rugueux, la peau de Bouboule.

Ils se laissent faire, marcher sur les pieds, recevoir des coups dans les jambes, des ballons sur la tête, je suis leur distraction. C'est moi qui en profite le plus, je pince, je griffe, j'arrache leurs trésors enfouis dans les poches, calepins tout sales, vieilles photos de régiment, papier job pour le gros gris. Ils rigolent. Il n'y a que les nouvelles têtes, ceux qui viennent par hasard, que je ne persécute pas. Je tourne autour et mon père reste à deux mètres, fixe leur verre, pour les amener à dire qui ils sont. Si l'enquête réussit, c'est l'empressement, le bourdonnement. Peu à peu l'inconnu est assimilé, déshabillé. L'adresse de mon père, il y va carrément, il pose les questions. Droit dans les yeux. Je participe. « Qui c'est çui-là ? » Le frisson du mystère me chatouille, je regarde cet homme qui vient de l'autre côté de la ville, du département, là où on ne connaît pas le café-épicerie Lesur.

Il y a ceux qui arrivent par paquets, un jour, équipes de construction, réparateurs de voies. Ils viennent chez nous parce que c'est mieux. Ils peuvent faire réchauffer leur gamelle, commander une boîte de choucroute, dormir dans la cave quand ils ont un coup dans le nez. Ils deviennent comme de la famille, je leur monte sur les genoux, ils sortent les photos, me donnent des quartiers d'orange. Ils repartent le chantier fini. C'était le seul côté triste de la vie, moi, mes parents, nous restons, les autres disparaissent, remplacés immédiatement, interchangeables.

Comme les histoires qui se racontent dans la salle du café. Toujours nouvelles, commencées ailleurs, qui ne finiront pas le soir; mimées, remimées contre des acteurs absents et idiots, contremaître, patron, commerçant du centre de la ville. « De quoi, que je lui fais, pas bien faite ma pièce, mais des fois, dites-le que je sais pas travailler, enfoiré, que je lui ai dit, pas pipé mot, faut pas me faire chier, t'entends. » La peur et le drame passent, Alexandre aurait pu étrangler le contremaître, mettre le feu à l'atelier... « Tous des cons. » Il n'a rien fait, on ne sait pas comment ça a fini, il se rassoit à la table. J'étais de leur bord, je les plaignais, des cons les patrons, je les admirais, je les regardais vivre chez nous avec étonnement. Tous transparents, et plus ils boivent, plus ils le deviennent, plus ils deviennent magnifiques aussi. Avec les copines, on se met à une table vide, on pouffe en les reluquant, on les traite en douce de tous les noms, pour voir, surtout les petits vieux de l'hospice. Aucun danger, ils n'écoutent pas, ils gueulent tous à la fois, ils s'arrêtent d'un seul coup. Leurs malheurs sont là, sur la table, dans le verre, ils restent à hocher la tête, à rabâcher des mots extraordinaires, baiser le cul, chier à la gueule. Ma mère passe « vous avez pas honte, des raisons pareilles, le père Leroy ». On rit en dessous. Les petits vieux sont vicieux, ils mettent la main au zizi, ils font mine d'aller pisser dans la cour pour l'exhiber en marchant. J'en savais long sur les satyres et les gagas, c'est comme ça, il ne faut pas faire attention mais se tenir prête à détaler au cas où... Là, je ne sais plus, j'imagine avec les copines des heures durant. C'est mou, c'est dur, rose, gris, coupé au bout, personne ne voudrait aller voir de près. On se contente de rire à bonne distance. Mêmes précautions quand un gaga est malade à dégobiller et s'enfuit, la bouche ouverte et pendante aux cabinets de la cour. Il y a plus drôle, c'est le départ vers neuf heures du soir, après que le plein est fait. Ils ramassent au hasard leurs fringues, leurs musettes, et commencent la difficile rentrée. Une fois debout, il y en a qui restent une minute bien dressés puis se catapultent dans la porte de toutes leurs jambes flageolantes. D'autres ont gardé la position de la chaise, à moitié pliés, incapables de regarder autre chose que le pavé du bistrot. Il y en a des braves, des costauds, Alexandre par exemple, goguenards, sûrs d'eux, chicaneurs, et d'un seul coup allant s'écraser n'importe où, à l'aveuglette. Un à un ils passent le seuil, loin les uns des autres, les bras écartés, de drôles de pingouins. Derrière la fenêtre, je continue à les suivre. Ils s'arrêtent pour observer, savoir s'il faut aller à droite ou à gauche, et ils foncent en zigzaguant, ils disparaissent au bout de la rue Clopart. Alors, avec Monette, la grande copine, nous liquidons goulûment le fond des verres, dés à coudre aux couleurs violentes ou à peine anisées, nous cherchons des mélanges à faire dans la chope vide d'un poivrot qui a tout liché, le cochon. Mon père ramasse la vaisselle, tape les chaises d'un coup de lavette, essuie le vin dégouliné, Monette se barre. Je dansais d'un pied sur l'autre sur le pavé plein de traînées brunes et violettes entrelacées. C'était tout chaud d'odeurs, de fumée, de gens qui avaient raconté leur vie, qui m'avaient prise sur leurs genoux, friands d'enfants comme ils sont quand ils ont trop bu.

Ma mère n'a plus de clients dans l'épicerie, elle plaque les volets de bois sur les vitres, les coince avec une barre de fer et elle vient s'affaler sur sa chaise dans la cuisine. « Les retardataires, ils cogneront bien, c'est souvent de la racaille. » Elle dit qu'elle n'en peut plus, tous les soirs. Son indéfrisable de cheveux roux, flamboyants, forme des touffes dans le cou, le rouge Baiser a déteint. Elle croise les bras sur sa blouse tachée, tendue sur ses cuisses larges et écartées. Elle écume de fatigue, de colère. « Pas encore payé, la sale carne ! Demain, je lui refuse la marchandise ! Elle va voir si on lui fera crédit en ville ! Elle est passée le panier plein ! » Autour d'elle, un parfum de bonbons, de savonnette Cadum, de vin suri, à force de coltiner les casiers de bouteilles. Massive, on dirait que la chaise est trop petite. Quatre-vingts kilos, chez le pharmacien. Je la trouvais superbe. Je dédaignais les squelettes élégants des catalogues, cheveux lissés, ventre plat, poitrine voilée. C'est l'explosion de chair qui me paraissait belle, fesses, nichons, bras et jambes prêt à éclater dans des robes vives qui soulignent, remontent, écrasent, craquent aux aisselles. Assise, on voit jusqu'à la culotte, voie mystérieuse montant vers les ténèbres. Détourner les yeux.

Pendant qu'elle parle, mon père met la table, sans se presser. C'est lui qui fait les épluchages, la vaisselle, c'est plus commode dans le commerce, entre deux verres à servir, entre deux parties de dominos. A table se succèdent les histoires du café entendues par mon père, les plaintes et les menaces de ma mère, même le soir, nous ne sommes pas seuls, les clients sont là, implorants, le porte-monnaie vide, attendant le bon vouloir de mes parents, la main qui ira chercher la boîte de pois pour le dîner, le petit verre de plus, craignant le refus catégorique. « Tu parles ! J'ai pas voulu lui donner, le carnet est déjà plein, quand c'est qu'il me paiera. » Je les voyais puissants, libres, mes parents, plus intelligents que les clients. Ils disent d'ailleurs « le patron, la patronne » en les appelant. Mes parents, ils ont trouvé le filon, tout à domicile, à portée de la main, les nouilles, le camembert, la confiture, dont je me tape de grosses cuillerées à la fin du souper avant d'aller empocher une dizaine de gommes parfumées dans la boutique sombre, au moment de monter me coucher. Ils reçoivent le monde chez eux, c'est la fête, la joie, mais les gens paient l'entrée, ils remplissent la caisse de pièces et de billets. La voici, la caisse, posée sur la table, au milieu des assiettes à soupe, des trognons de pain. Les billets sont palpés, mouillés par mon père, et ma mère s'inquiète. « Combien qu'on a fait aujourd'hui ? » Quinze mille, vingt mille, fabuleux pour moi. « L'argent, on la gagne. » Mon père enfouit les billets dans sa salopette, nous pouvons commencer à nous amuser tous les deux. Bagarres, séances de coiffure, chansons, chatouilles, avide, échauffée, je voulais être la plus forte. Je lui triture les oreilles, les joues, je lui malaxe la bouche pour dessiner des grimaces horribles qui me font peur. « Je sens rien, tu peux y aller! » Je m'arc-boute sur les barreaux de la chaise pour lui écraser le petit doigt, tout rouge, terminé par un ongle crevassé et noir. « C'est le travail ! » Il se frotte seulement la main en riant aussi fort que moi. « Papa, on joue au crochet radiophonique! » Une chanson éraillée, celle de *Reine d'un jour*, et il me colle mon tablier sur la bouche. « Crochée ! » Ma mère n'écoute pas, les jambes étendues sur la chaise que j'ai quittée, elle dort à moitié, ou elle lit *Confidences* en suçant du sucre. « Arrêtez vos conneries ! » elle crie de temps en temps. C'était moi la plus déchaînée. Toute la soirée, j'avais regardé les jeux du café, j'avais ri avec les clients et après souper, j'avais envie de clôturer la fête, seuls tous les trois, dans des cris, des bras et des têtes pressés, des chatouillis à s'en faire mal aux joues. Les clients, je les aimais bien, je ne pouvais me passer d'eux, mais c'était avec mon père, le chef du café, l'homme qui gagnait l'argent d'un petit geste, que je m'amusais sans retenue.

Sauf si, par hasard, ma mère s'offre son coup de gueule. Ça monte, ça tremble, on dirait des aboiements à la lune. Je ne comprends pas grand-chose à ses reproches, il s'agit du manque d'ambition de mon père. « Tu perds ton temps à des foutaises... lunatique comme une vieille chouette... Si j'étais pas là vous mangeriez de la merde... j'irai travailler en usine au lieu de servir le cul de ces crève-la-faim, ces mauvais payeurs... » Le monde obscur zigzaguait d'étoiles filantes, la fortune, des culs à servir en rang d'oignons, une usine brillante et propre comme une rustine. La voix puissante de ma mère me livrait les secrets de la vie en mots touffus et noirs. Mon père, pas moins mystérieux, baisse la tête, il sait que ça finira par quelques gesticulations, les assiettes d'un revers de main par terre, quelques gros mots, voilà tout. Elle le dit, elle est trop fatiguée. Je lui donnais raison. Soudain, une clameur, des crissements, le dernier train, celui de dix heures, freine devant la gare toute proche. « La jument noire ! » Tous les soirs, il plaçait la même plaisanterie de troufion en perme qui attend le train sur le quai. C'est le signal du coucher. Le bonheur, arracher la robe et le tablier au bas de l'escalier, les chaussettes en haut, enfiler la chemise de nuit dans la chambre et se trouver enfermée dans les draps quand la locomotive renâclante s'ébranle et galope comme une folle vers Rouen, Paris, les grandes villes... Elle se dissout en points brillants de sommeil sous mes paupières, la vieille jument noire. A peine le temps d'entendre mon père chanter en montant l'escalier *Quand tu seras dans la purée, reviens vers moi,* ma mère se déshabiller au coin du lit, sa jupe, sa combinaison tombent à ses pieds, elle déboutonne sa gaine en me tournant le dos et l'enlève d'un geste large quand elle a enfilé sa chemise. Elle vient à mon lit, elle se penche, avec sa poitrine qui cache tout le reste : « As-tu chaud, as-tu fait pipi ? » et mon père sifflote en tirant ses chaussettes et son caleçon. Il dort avec sa chemise de la journée. La lumière éteinte, je les entends encore respirer, se retourner dans le lit. J'essaie de respirer au même rythme qu'eux. Quand je me réveille trop tôt, je me glisse dans leur lit, dans leur odeur, toute contre leur peau. L'épicerie-café se rétrécissait, devenait une maison au toit de couvertures, aux murs de chair tiède qui me pressaient et me protégeaient.

Ils auraient une crise d'épilepsie si je m'amenais maintenant, dans la carrée du haut, dans leurs draps. « Un médecin, je suis enceinte, ça va passer. » Ils enverraient les draps et les couvertures valdinguer « mouiller notre lit, sale carne ! Dire qu'on a travaillé pour cette traînée ! » La jument noire, elle a déraillé, couchée, le ventre en l'air, attendant les contractions pour dégueuler tripes et boyaux... « Quand tu seras dans la purée. »

Pourtant, elle les aime, les histoires de traînées, elle en écoute tous les après-midi dans la boutique en servant les commissions, en tirant l'alcool à brûler. Je me faufile sous le comptoir, là où s'empilent les caisses pas encore défaites les articles de mercerie défraîchis, les vieux cartons pour la poubelle. La sonnette. Ma mère se précipite, elle entoure la cliente, lui prend ses bouteilles vides, pousse des exclamations, met à l'aise. Une bonne commerçante, toujours affable les coups de gueule pour mon père et moi seulement. « Beau temps aujourd'hui. » Les bouteilles s'entrechoquent, et les poids de cuivre dans le plateau de la balance. Crissement rude de la pelle dans la « pouche » de gros sel, tout filant dans celle des lentilles. Les pommes de terre dégringolent dans le sac de toile cirée. Tout se passe au-dessus de ma tête, et de l'autre côté du comptoir. « Du vin des Rochers, du velours, qu'il paraît. » Brouhaha de voix, effluves du saint-paulin, du café Labrador, d'une plaque de vin séché où dansent les mouches bleues aux reflets de bijouterie. Devant les bocaux rangés le long de la devanture, descendant du plafond, tire-bouchonne innocemment le ruban tue-mouches caramel qui les accroche par une aile, une patte, de plein fouet. Conversation devenue chuchotante...

« Elle n'a pas vu depuis deux mois. Quelle honte. Le mois dernier, elle s'est mis du sang de canard, il paraît, tordu le cou coupé dans sa cave, y'en avait partout. » Ma mère halète, elle baisse la voix. Peut-être qu'elle se doute que je suis là. La cliente pose à terre son sac, ma mère froisse des papiers qui encombrent le comptoir. Je sais, elles vont dévider une longue histoire pleine d'horreurs insoupçonnées. Je tremble qu'une autre cliente n'arrive, ça couperait le fil. « Vous parlez d'une honte. Son loustic, elle ne sait pas qui c'est, deux dans la chambre. Un qui étale de la vaisselle au marché, l'autre, va savoir... » Je grappille des morceaux de sucre dans un paquet crevé qui traîne par terre. Le soleil tape en plein dans la devanture, des bocaux de gommes vertes, les spirales de réglisse Zan, les bâtons à sucer s'illuminent, torsades rouges et jaunes entremêlées, croisées, bête grouillante aux mille pattes contorsionnées... Les bribes de l'histoire n'arrivent pas à se coller, je me perds dans toutes les directions, détails obscurs qui font souffler, s'interrompre ma mère et sa cliente. « Quand elle est revenue, elle avait des taches sur sa robe, comme de l'amidon, j'en dis pas plus. » Elles lâchent enfin le maître mot. « Vicieuse. » Tout s'éclaire, le sucre fond et glisse dans ma bouche fermée, j'ai si peur de faire du bruit, maintenant j'ai compris. J'attends la suite, le souffle court. Encore une qui aimait montrer son quat'sous dans les coins et les filles, elles, c'est interdit. Deux hommes lui ont touché, dans une chambre, peut-être, ou dans un bois, un champ. Un doigt chacun. Chaud aux cuisses d'y penser, bouche ouverte, collante de sucre... Le bavardage a repris, avec des arrêts terribles. « Y'en a si vous saviez, tenez, la petite Barret, qui travaille aux cages à oiseaux, on l'a trouvée dans les cabinets derrière l'hôtel de ville. Avec, tenez-vous bien, trois gars. » Brouillard rose, gigantesque fleur de mains épanouie entre les jambes, chou monté qui la cache toute, et elle, là-dessous, protégée, immobile, heureuse. Le comptoir vibre. « Pendant que j'y pense, ces bouteilles-là, vous les reprenez ? » Elles ne vont pas continuer cette histoire chuchotée qui me chatouille le ventre. Ma mère raccompagne la cliente jusque dans la rue. Seule avec les images, les mots murmurés comme au confessionnal, petits rires, rien, un hoquet. Puiser à pleines mains dans les bonbons roses, les pastilles de menthe, en croquer cinq ou six à la fois, s'emplir la gorge de cette liqueur des parfums mêlés, après ces histoires. Sentir la saveur m'imprégner, me submerger... Mes fringales, j'ai de quoi les apaiser à profusion. La boutique, c'est la tentation toujours satisfaite, mais en douce. Ma mère se doute, elle laisse faire. Un bonbon par-ci par-là. Mottes de beurre que je dépiche, lamelles de fromage taillées de biais au couteau, faut pas que ça se voie, molles et jaunes au bout des doigts. Même la moutarde dans les grands pots, j'y enfonce énergiquement la cuiller de bois pour voir me résister une marée verdâtre qui picote les yeux et les lèvres. Cubes de viandox enrobés de papier doré comme des bonbons de luxe, salés, brûlants au palais. Régimes de bananes en vagues douces... En hiver, les oranges empilées dans les cageots, leur odeur se mélange à celle du moisi des murs, les petits Jésus de guimauve qu'on dirait fermes et qui s'écrasent, élastiques, entre les dents, le Père Noël avec un ruban rouge au cou, que je tourne et retourne avant de lui sectionner son ventre creux et vide. Je ne résistais pas au rouge tendre des cerises confites, sous le sachet de cellophane qui multiplie leurs reflets. Un regard à droite et à gauche pour voir si personne ne vient, et deux ou trois fruits collants vont juter délicieusement sur ma langue. Aucun remords, bien rafistolé, les clients n'y verront que du feu.

Je ne connais que la profusion, tout ce qui se mange est offert dans les rayons, en boîtes, en paquets, en vrac, je peux toucher à tout, entamer, grignoter, épignoler tout. Je peux m'inonder de senteurs violentes dans le coin-mercerie-parfumerie, muguet, chypre, dans des flacons fixés par des élastiques à des cartons pendus aux murs, soulever les couvercles des boîtes de poudre de riz Tokalon, dévisser les capuchons de rouge Baiser. Brillantines sirupeuses, Roja bleu ou jaune... Je ne jouais jamais à la marchande, pas besoin d'imaginer des choses à échanger, tout était libre, gratuit, à portée de mes doigts et de ma bouche. L'épicerie, la seconde partie du monde après le café, abondante, variée, croulante de plaisirs.

Pas beaucoup d'interdictions. Liées à la présence des clients la plupart du temps, ne pas entrer sans dire bonjour, ne pas se faire prendre en train de piquer un chewing-gum devant une cliente. Hurlement. « Qu'est-ce que tu fais là ? C'est pas ta place ! » La comédie habituelle, pour rassurer les clients, c'est pas parce qu'on est dans le commerce qu'on se goinfre... Je file avec ma poignée de réglisses logée rapidement sous ma jupe, dans la culotte, le seul endroit où on n'ira pas farfouiller. Toute la journée je faisais ce que je voulais. Mes parents sont trop occupés. « Les gosses, faut que ça joue. » Les jeux pour toute seule et les jeux pour les copines...

Je joue toutes les émissions de Radio-Luxembourg entre deux piles de casiers, dans la cour. Les « pouches » de pommes de terre sont mes rideaux, les bouteilles mes auditeurs. Reine d'un jour, c'est sublime, tous ces malheurs, tous ces cadeaux... Je joue mon grand rêve, être sténodactylo, avec des boucles d'oreilles et des talons hauts. Je tapote des heures sur un vieux carton. Ou bien, je pédale interminablement sur le vélo de mon père rangé contre le mur, Paris, Bordeaux, toutes les villes où j'irai plus tard. Dans la réserve au vin et aux apéritifs, entourée de fioles, je deviens pharmacienne. Au grenier, la danseuse étoile que je suis se cogne aux poutres, trébuche sur la terre battue, échoue devant la glace piquée de rouille, les jupes relevées jusqu'au ventre sur une petite boule rouge très chaude...

Jeux avec Monette, la grande copine, et puis les autres du quartier Clopart. Toujours le même pour commencer, la maison à construire. Chasse effrénée aux vieilles casseroles, aux tissus déchirés, aux caisses de bois qui feront les lits et les placards. Dînette de bouts de fromage, de raisins secs, nougats, caramels, jetés et collés ensemble dans une soucoupe ébréchée. Les cris de joie des copines et ma supériorité sur elles, fille de l'épicier-cafetier... L'après-midi se passe à préparer la maison, on ne jouera pas, il y aura la dispute, la mère qui vient aux commissions et remballe sa fille, ma copine, ou encore les spectacles du café. « Viens voir le père Martin, il est saoul, on va lui cracher dessus. » Fière d'offrir aux autres ce qu'elles ne voient pas chez elles, ce qu'elles ne peuvent pas faire à leur père s'il se saoule lui aussi. Cachées derrière la réserve, c'est à qui jettera le plus de salive et le père Martin, titubant, s'en va, il ne voit pas que sa canadienne reluit de ronds baveux. On joue beaucoup aux bonshommes saouls, on se rentre dedans en criant, on se fiche des trempes, c'est le bonhomme qui cogne sa femme, qui la traite de tous les noms. « Sale carne, pute. Oh la la. » Monette secoue la main et se la pose sur la bouche avec horreur... « Tu sais ce que ça veut dire ? Dis-le, dis-le ! » J'invente. « Une fille qui a un bébé sans être mariée ! » Monette secoue la tête. Mains en cornet, elle me susurre des trucs terribles que je repasse aux autres filles, et rouges, assises par terre, nous racontons tout ce que nous savons là-dessus, histoires mystérieuses, détails incroyables, gestes des grandes personnes que nous n'avons jamais vus et qui contiennent un secret. Nous les essayons, lourds, embrumés tout à coup, comme prise dans du savon mou, la main s'enlève, apeurée, et les yeux s'écarquillent devant le début de fourrure noire que Monette est en train de montrer fièrement. « Tu en as de la chance ! » Le soir tombe, elles s'en vont une à une, au fur et à mesure que leur père sort du café et les ramène à la maison ou que leur mère passe prendre le lait et les commissions. Il faut qu'elles portent le sac de toile cirée. Il me reste la balle au mur le long de l'épicerie, il ne passe presque pas de voitures dans la rue, le livre d'images à feuilleter, perchée sur les casiers, les poules à visiter pour les gaver de pâtée. Des journées heureuses.

« Denise, je joue plus avec toi. » Monette

s'assoit à l'écart, cachée par sa masse de boucles brunes, des treillons de vache. Elle trie et croise des fils sur un bouchon piqué d'épingles. La tresse de laine s'allonge sur ses genoux. Fâchée, elle ne veut plus me parler. Je tourne autour d'elle... Petits tuyaux de cheveux toujours lisses et brillants, frémissants. Les miens sont raides. Elle me tire la langue, ses tuyaux s'entrechoquent, de plus en plus brillants, le noir me nargue. Je ne vois plus que la masse de boucles, je me jette sur elle, ça déborde de mes mains, ça glisse, affreux petits serpents, et je tords, je tire, j'embrouille avec délices. « Tu vas voir tes tifs ! » Elle hurle, la bouche ouverte, sans faire un mouvement. Autour de son front, la peau tirée forme des petites montagnes, des plaques jaunes serpentent entre les racines. « T'as les tifs cracra ! » Et je lâche tout, sauf une mèche qui s'étire, qui s'étire, j'attrape les ciseaux plantés dans la robe de Monette. Un petit boudin de cheveux me reste dans la main, inerte, mort... « Je vais le dire à ta mère ! » Elle s'enfuit, hurlante. Je vois la trouée blanche dans le cou, entre les deux paquets de boucles. « Ça mettra du temps à repousser ! Tu seras moche longtemps ! » Mais j'ai peur. Il te faut pas attendre que mon père, ma mère accourent, aller vite s'enfermer dans les cabinets. Doucement, je balance le rouleau de cheveux sur la surface sombre de la tinette hérissée de vieilles merdes remontées. Il s'imprègne, je le lâche, il flotte comme un gros ver coupé. Tout en collant l'œil au losange percé dans la porte, j'écoute les battements de mon cœur, peur et satisfaction... Qu'elle revienne chercher ses tifs dans le trou des chiottes...

Dimanches incrustés dans les jours ordinaires, or et argent... Hommes, femmes, tous lumineux de la messe de dix heures, flottant dans le nuage que balancent deux gars en robe blanche, la nuque inclinée. Ils ont l'air de marcher dessus, ça leur fait des ailes de fumée. « On cause pas à l'église ! » Ma mère, sublime dans son beau tailleur noir serré, son corsage rose, son parfum. Mal aux genoux, tiraillements dans les cuisses, plaisir et douleur, toujours, à l'église, et rien à comprendre dans les chants si tristes, si traînants. *Crucifixi fige plagas...* Quand les gens ouvrent la bouche, ils ne sont pas près de la refermer. *Meo... valide...* Le plus grand des secoueurs de fumée s'est retourné, il ressemble aux images de toutes les couleurs peintes sur les carreaux, pleines d'hommes et de femmes en robe blanche. « Prie bien le bon Jésus. » J'essaie de retrouver la prière d'entrailles, de pêcheurs et de fruits que j'aime, en continuant de regarder le grand garçon blanc. Petits signes à faire sur le front, la bouche, le corsage, je ris de voir que certains sont en retard, moi j'ai le coup, m'agenouiller, m'asseoir. Dommage que je ne connaisse personne, les clients ne vont pas à la messe, en ce moment il y en a déjà plein le café et mon père les sert, il ne va pas à la messe non plus. Quelques clientes de temps en temps, à la Toussaint, aux Rameaux, tout au fond de l'église. « Bonjour mame Lesur, t'es rudement belle Ninise dans ta robe du dimanche ! » Droite de bonheur. Elles sont toujours plus moches, et Monette aussi. Pendant que les gens chantent, je m'amuse à regarder les cous devant moi, petites rides, poils blonds, foulards en ficelle, grosses coquilles de cheveux tortillonnés par des épingles... Processions de femmes vers la table du fond... Elles reviennent les lèvres serrées et je me demande comment elles peuvent avaler ce bout de papier blanc sans que ça se voie au-dehors. Un jeu à prévoir pour Monette et moi, avec un verre à pied, des chemises de nuit tirées du paquet de linge sale pour faire les robes longues et de la farine qui sera la fumée...

A la sortie, nous irons au pâtissier. Meringues délicates, effritées d'un seul coup de dents, la crème jaillie sur la langue, tartes aux fraises, petites collines rouges, pointues, compressées sur de minuscules barques, comment réussir à les laisser dans la bouche sans les manger, désir d'un gâteau qui durerait tout le temps... L'eau plein la bouche. La procession sort à pas lents et le grand garçon passe comme un saint. Dimanche prochain, j'obligerai ma mère à monter plus haut, là où il y a des prie-Dieu rembourrés, où l'on reçoit la fumée presque dans la figure. L'église, je n'ai jamais vu de plus belle maison, plus propre. Si on pouvait y manger, y dormir, y rester tout le temps, faire pipi. On aurait chacun un grand banc pour s'étendre, on ferait du vélo dans les allées, on jouerait à cache-cache derrière les colonnes. Il n'y aurait que des copines et des garçons en robe blanche qui nous habilleraient, nous donneraient à manger, s'allongeraient près de nous...

Nous revenons rue Clopart, nous traversons les rues principales bordées de grandes boutiques avec des glaces toutes lisses. Ma mère file, très droite, sans regarder. « Ils vendent pas mieux que nous. Ils volent les clients. Des faiseurs d'embarras. » Puis il y a la rue de la République, les villas calmes, rien qui traîne sur les pelouses. Triste. On ne connaît personne. Les paillettes grises du trottoir nous sautent aux yeux, la rue Clopart est loin, presque à la sortie de la ville. Peu à peu voilà les maisons basses, les affiches Saint-Raphaël, Brillante Eclipse et le café Botot, le concurrent de mes parents, d'où sortent déjà des bonshommes saouls. « C'est pas malheureux ! Ils les nettoient à onze heures du matin ! » Seuls mes parents sont de bons cafetiers, des gens comme il faut. Je jette un coup d'œil de dégoût sur l'affreuse façade Botot. Mes parents sont supérieurs, ils donnent à boire raisonnablement, ils ne forcent pas. La rue devient vivante, caniveaux qu'il faut enjamber sans mettre le pied dedans, fontaine à faire cracher en appuyant dessus de toutes ses forces, bonshommes sans jambes, des volets à rabattre la tête en bas, tas de charbon à escalader devant une cave, ascension mouvante, effrayée, dans ma robe bleu ciel, le livre de messe et les gants blancs à la main... Et le réparateur de cycles, la tête encagée dans ses rayons de vélos, qui nous regarde passer. Toujours accroupi, le nez au ras des jupes, avec des pinces, des tenailles. « Vieux satyre ! » ma mère bredouille. Il colle ses petits yeux d'araignée à ses bas dont la couture noire monte en s'élargissant vers le haut. Plus loin elle s'arrête pour bavarder avec toutes les clientes qu'elle rencontre, surtout si elles ont le sac plein de choses à nous. Enfin la rentrée et l'accueil habituel. « Mame Lesur qu'a été voir le curé, on le dira au patron ! » Ma mère m'emmène vite enlever mes affaires du dimanche. La première fête du jour était finie.

Il y en avait d'autres. A partir de midi, pour les petits vieux de l'hospice en sortie, les gars des fermes aux alentours, ceux des chantiers qui restent le dimanche, mon père ouvre sans arrêt des boîtes de choucroute, de cassoulet, de lentilles au lard, de sardines à l'huile, de maquereaux au vin blanc. A droite, à gauche, je fais mes délices d'une cuillerée de haricots collés de sauce tomate, d'un bout de tripe gluant, d'une demi-saucisse tiède, chipés à même la casserole. J'arrive malgré tout à finir le dîner, le rôti et les pois transformés en mare verte par ma fourchette. Ma mère apporte la boîte de gâteaux sur la table et je trouve encore le moyen de saliver de désir devant les boutons de crème moka prêts à s'affaler, la poussière d'amandes et les arabesques roses. J'avale de grands coups d'eau pour enfoncer le rôti et les pois, me livrer sans autre goût au plaisir crémeux, parfumé, craquant de temps en temps. Une tête rigolarde se fourre dans l'embrasure de la porte de la cuisine. « Alors ça gaze l'appétit ? » Mais ma mère a eu le temps de jeter sa serviette sur le gâteau. « Faut faire envie à personne ! » Double plaisir de le manger après, et de sucer la crème accrochée aux fils râpeux de la serviette. Les joies du dimanche, imprévisibles pour Denise Lesur, il y a quinze ans, moins. Ma mère a plaqué les volets de bois sur la boutique, mon père s'est installé avec les joueurs de dominos sur leur trente et un. Mes tresses sont rattachées au sommet de la tête dans un gros nœud en coque et ma robe n'a encore que quelques taches de sauce. Pendant que ma mère se débarbouille, se repoudre jusqu'aux cheveux, j'attends dans la cour vidée de ses casiers, c'est dimanche. Pas le droit de rien faire, il ne faut pas se salir. Je saute à cloche-pied le long du mur, j'entends les joueurs s'exclamer. « L'asticot ! La blanche ! T'en as pas tu les perdras pas ! » Radio des sports dans la cuisine, un avion passe dans le ciel, ma mère flanque dehors l'eau du débarbouillage. J'avais cinq ans, six ans. Denise Lesur avec bonheur des pieds à la tête... La boutique, le café, mon père, ma mère, tout ça gravite autour de moi. Etonnée d'être née avec tout ça, par rapport aux filles de la rue Clopart, étonnée d'y penser, de chercher pourquoi. Je virevolte sur moi-même, la terre se balance, se rapproche en cercles gris, les murs tombent... « Ta robe ! » Ma mère me frotte les fesses, il est temps de partir voir les manants, ceux à qui on a fait crédit des mois et des mois, qui ont des maladies, des pieds ou des bras en moins. La mère Chédru, dont la jambe pourrit, la fille Rajol, paralysée depuis la taille, qui est allée deux fois à Lourdes avec le pèlerinage diocésain, le petit Raimbourg qu'on ne voit plus au café, à cause de sa figure bouffée. Rues de travers, sans trottoirs, avec des choses qui traînent au pied des murs, linges en boules terreuses, crottes de chien séchées, de toutes les formes, débris de vaisselle. « Là » ma mère murmure. Ce sera comme à la messe. « Mame Lesur ! » Il pleure presque, il rigole. « Comment qu'elle va, la mère Chédru ? — Restez pas là ! Elle se devient, elle se devient, faut pas demander... » Dans un grand lit, une femme toute jaune nous regarde venir fixement. Et puis sa bouche s'ouvre, elle étouffe, elle rigole, elle n'arrête pas de rigoler en grappillant son drap et je vois deux dents accrochées en haut, un jeu d'osselets. J'ai l'impression qu'elle va se mettre à sauter, à faire des galipettes sur son lit, à se fourrer tout au fond, pour qu'on s'amuse à la chercher tellement elle paraît heureuse. Vite, elle relève sa chemise, un trou énorme, tout noir, la viande a été aspirée à l'intérieur. Ma mère se penche, le vieux aussi, il va sortir quelque chose d'effrayant, un crabe logé sous des replis, des fourmis comme on en trouve au fond des sacs de sucre. Et c'est tout à coup une odeur de pet, de chou en train de cuire. Sa jambe. La vieille frétille, en remontant encore sa chemise. Entre ses cuisses s'étend une grande mare de pisse séchée, avec des dessins plus roses au bord, des broderies passées. « Allez, la mère, ça ira mieux. » Ils se retournent, le vieux et ma mère. A peine le temps de voir le drap rabattu, les mains qui recommencent à grappiller, la bouche bafouillante. Ma mère se dépêche de sortir de son sac du café, des biscuits, un flacon de calva. Le rire recommence, et le vieux rigole aussi, il n'ose pas toucher, ma mère pousse les affaires vers lui. « Fallait pas ! » Je me dis qu'après tout ça, on a le droit de s'asseoir et de regarder partout. Le vieux devait être en train de repasser, une couverture est étalée sur le bout de la table et un fer chauffe au coin du fourneau, à côté de la cafetière. Des torchons sèchent sur une corde. Il n'a pas eu le temps de cacher le seau de chambre. Va-t-on manger ? Je ne crois pas, le vieux a ouvert le buffet pour tirer des verres, il n'y a rien dedans, pas de bonbons, pas de conserves. Je suis très déçue, je leur en veux de n'avoir rien à me donner. « Va te promener ! » ma mère me souffle. Elle parle avec le vieux et la vieille semble dormir les yeux ouverts. Je suis déjà à l'autre bout de la pièce, devant deux étagères bourrées de bouteilles, de toutes les tailles, à vin, à sirop, à eau de Cologne, avec des ouvertures minuscules où je n'arrive pas à glisser le petit doigt. Des plates avec un gros capuchon, des longues, des vertes surmontées d'un bourrelet. Il y en a une, presque ronde, le petit cou s'agrandit vers le haut, se retrousse au-dehors. Toute froide. J'ai enlevé la poussière et je souffle dedans jusqu'à la rendre blanche de buée. J'ai une envie brûlante de faire pipi. Il ne faut pas qu'on m'observe. Je me retourne, la vieille me fixe de ses yeux plats, elle sort ses deux dents, elle recommence à rigoler en secouant la tête, je ne sais pas, je crois qu'elle a dit en se mangeant l'intérieur des joues « c'est bien, ça, tu joues, c'est bien ça ». Est-ce qu'elle a deviné ? Peut-être qu'elle a déjà fait la même chose, dans une bouteille, qu'elle a envie de le faire maintenant. Les dents tremblotent, la langue se loge au milieu... Mal à l'aise, avec ma bouteille entre les doigts, et la vieille qui a peut-être tout compris. Je ne sais pas comment ça se fait, elle se casse, les morceaux entourent la chaise du vieux en fleurs brillantes... Ma mère se lève, elle est furieuse, elle commence à tout ramasser. « C'est pas grand-chose, marchez, c'était sur la table de toilette qu'on a vendue. » La vieille s'agite dans le lit, elle veut qu'on recolle, personne ne l'écoute. « J'ai envie de pipi ! » Ma mère demande s'il y a des cabinets. Dans la cour. Ou bien le seau au fond de la pièce. La vieille remue la tête en me regardant sortir. Dehors je n'ai plus envie. Sur le mur de la cour s'adossent des cages à lapin grillagées, sur un autre mur une pile de bois coupé monte en échelle. Il y a aussi un poirier en espalier, trois, quatre, cinq poires seulement. Me voir enfermée dans ce carré, entendre, loin, montantes et descendantes, les voix de ma mère et du vieux, le grelot de la vieille... Si différent de la fête du café. En ce moment mon père gagne aux dominos. Réfléchir en grimpant sur les piles de bois. Ils n'ont qu'une seule pièce, le père et la mère Chédru, ma mère leur apporte à manger, pour rien. Nous sommes mieux qu'eux. Il n'y a rien dans leur buffet. C'est sale. Le vieux, ça se voit, il est content que ma mère vienne. Il cause sans arrêt, elle écoute, elle est gentille au possible. Satisfaction. Je suis heureuse d'être ici, tout en restant Denise Lesur. Je ne peux pas imaginer Denise Chédru, là, au milieu des flacons, de la pistrouille. Qu'est-ce qu'il dira le vieux si je lui fauche une poire ? Rien, il n'osera pas, avec ce qu'on lui a apporté. Elles sont dures sous le pouce, il sort quand même une gouttelette sucrée quand j'enfonce l'ongle, quand j'arrache un bout de peau. D'abord, il n'avait qu'à m'en donner, puisqu'il n'a que ça, le vieux. Toutes les dents d'un seul coup. Ça craque, je me retiens pour ne pas arracher toute la poire. Dur, acide. Il n'avait qu'à m'en donner une, je ne lui en aurais pas chipé. Ça pousse tout seul. Et ma mère lui a donné du café, de la goutte. Ça ne coûte rien, les poires. J'ai le morceau dans la bouche, plus amer que je l'aurais cru, la poire est restée pendue avec son trou au beau milieu. Il pensera que c'est un gros merle. On voit mes dents en dentelle tout au bord, il vaut mieux la manger en entier. Bien fait, ça leur apprendra.

Quand nous revenons à l'épicerie-café Lesur dont on commence à voir la masse jaune dès le haut de la rue Clopart, et peu à peu le mot CAFÉ, énorme, coupé en deux par la porte, je pose un tas de questions, à ma mère. Les Chédru, qui c'est, pourquoi qu'ils vivent là ? « Des manants, ils feraient pas de mal à une mouche. Ç'a été de bons clients, quand elle avait sa tête, que sa jambe était bonne. Ils en ont pris des litres et des litres de vin, et du crabe le dimanche. Plus grand-chose maintenant, du corned-beef, du port-salut. Y'en a des comme eux, y'en a, faut pas les mépriser. » Elle marche vite ma mère, elle me cause beaucoup, elle est sûrement contente. « Ils nous ont fait vivre, tu comprends. C'est pas ailleurs qu'ils allaient acheter, toujours chez nous. » Contente moi aussi des Chédru, de l'après-midi, de la jambe trouée, c'était comme l'ouverture des coquillages pleins de sucre coloré, les roudoudous. Il y avait des nuages qui passaient au-dessus du poirier quand je m'amusais à recracher les pépins en l'air. J'ai glissé le trognon aux lapins à travers les trous du grillage, en tournicotant bien.

Dimanches de la Rajol, la paralysée, avec les fleurs artificielles en celluloïd, sur la table de la salle à manger, l'écorce qui représente Lourdes, la vierge lumineuse qui fait peur, la nuit, et une autre, remplie d'eau bénite. Ma mère lui apporte les *Confidences* qu'elle a lus. La vieille mère Rajol a perdu son pouce. Elle parle toujours de son autre fille mariée à un tubard, qui va donner sa maladie à ses enfants. Dimanches d'histoires tristes, malheurs toujours différents, belles images en couleur... Cracher le sang, des serviettes entières, les yeux, madame, les yeux, ce morceau de pouce à moitié mangé, je vous mens pas, il est vert comme la casserole, pareil. Malheurs lointains qui ne m'arriveront jamais parce qu'il y a des gens qui sont faits pour, à qui il vient des maladies, qui achètent pour cinquante francs de pâté seulement, et ma mère en retire, elle a forcé, des vieux qui ont, a, b, c, d, la chandelle au bout du nez en hiver et des croquenots mal fermés. Ce n'est pas leur faute. La nôtre non plus. C'est comme ça, j'étais heureuse. Dimanches orangés du printemps, linge qui sèche sur la corde au soleil, les poules crêtèlent. Elle disait cette vieille conne, après, à l'école, « n'écrivez pas nous sommes tel jour, c'est très incorrect ». J'étais pourtant dimanche de la tête aux pieds, dans ma robe à ne pas salir, ma bouche gonflée de crème et d'hosties imaginaires. J'adorais tout, les sardines à l'huile, les visites aux vieux moches, aux crebacks, aux kroumirs dont ma mère raffole. Tout était bien.

Aujourd'hui, elle est sûrement encore allée à la messe, elle a bredouillé des prières pour mes examens. Elle n'a pas pensé à demander que sa fille, sa fille unique, ne tombe pas enceinte. Peut-être que si, elle a tellement peur, la catastrophe. Les vieux, les bonnes femmes en chaussons sont venus aux commissions ce matin. Le père Lanier, s'il a touché, il lui reste toujours des comptes en rade. Rien à faire, dégueulasse d'y penser, à eux, aux clients maintenant. Je ne suis plus dans leur circuit, rien de commun avec eux. Pourtant jusqu'à sept ou huit ans, je leur ressemblais, à celles qui viennent aux commissions en blouse, qui plantent leurs cinq doigts dans le camembert pour voir s'il est fait. Gosse mal embouchée, vicieuse, et je leur pisserais à la gueule tout accroupie... Ninise Lesur, poussée parmi les fumées, les chiques, les tomates mollissant sous les stores baissés en été... Le bonheur des petits chats d'ouvrir les yeux et de regarder, tout était à prendre. Même si ça me dégoûte de me rappeler ce que j'aimais, ce que j'admirais. Le monde était là, en mille morceaux de faim, de soif, d'envies de toucher et de déchirer, attachés ensemble par le petit fil tenace, bavard, moi, Denise Lesur, moi... Glisser sur le ruisseau gelé devant la boutique, avec Monette, et tomber l'une sur l'autre, la bouche en feu, rêver de boire des grenadines et s'émerveiller, à la place, du goût d'hiver des sucettes géantes qui descendent en tortillons glacés du toit. Se mettre sur le nez une paire de lunettes de soleil cassée, regarder les bonshommes sortir en titubant dans la chaleur noire, sur la terre noire, avec des têtes grises. Les jambes qui collent l'une contre l'autre, trop gênantes, il faut s'allonger sous ma tente, bâtie entre des casiers vides avec une couverture déchirée. Les mouches entrent mollement dans les bouteilles et vont mourir dans un fond de vin. Parfois des guêpes, que j'enfermais sous des verres et qui s'asphyxiaient en lentes arabesques sous ces ventouses. Et puis l'automne, le cache-nez qui gratte le cou, les chaussettes trop serrées, traînées d'eau rougie dans le ciel, le soir. Fais tourner la corde plus vite ! A la une, à la deux... Quel défaut aura mon mari, buveux, boiteux, teigneux, morveux ! La corde siffle, encore à mon tour, les filles. Un deux trois, les petits soldats, quatre cinq six qui font l'exercice. Revenir dans le café, les vêtements collés, grattouillants. J'arrachais manteau, chaussures, ça tombait n'importe où. La gosse à qui tout était permis, qui se précipite sur le hareng mariné allongé sur l'assiette de son père en train de faire sa collation soupante. Piqué de clous de girofle, d'oignon, fondant, acide sous la langue... « T'en laisses, la fille ! — Donne-moi-z-en encore un bout ! » Bagarre et rires, j'emporte au creux de la main la laitance crémeuse et fragile, brodée de filets rouges... Je l'arrose ensuite de café au lait refroidi dans un verre, protégé par son petit couvercle de peau qui s'enlève comme du papier mouillé au bout de la cuiller. Il y avait la toilette unique de la semaine, le samedi soir. L'été, au grenier, au-dessus des cris et des voix du café parce que le samedi, c'est la paye. L'hiver, dans le cagibi aux casseroles, sous l'escalier de la cuisine, debout dans la bassine d'eau savonneuse qui servait à laver le corps, les dents, le quat' sous, tout dans la même eau, sans rinçage. Et ma mère s'en servait encore pour frotter le carrelage le lundi d'après, à cause du savon fondu dedans. Je me sèche devant la cuisinière, les pieds fourrés dans le tiroir aux chiffons. Ninise est en liquette, disent les clients par la porte ouverte, mais je tirais bien le bout de tissu devant et derrière pour qu'on ne voie rien d'autre que le contour du petit sentier à pipi. A voir leurs têtes violacées, leurs rires, je comprenais chaque samedi que je grandissais. Fais vinaigre ! *Le Palais-Royal est un beau quartier, toutes les jeunes filles sont à marier, mademoiselle Denise est la préférée de monsieur Jean-Pierre qui veut l'épouser.* Blond, rose, un vrai baigneur de dix ans fixé pendant toute une messe, le prénom crié par sa mère à la sortie... Mariées timides n'osant pas entrer dans le café pour l'apéro, la fille à Leduc, au père Martin, saintes vierges empruntées qui se lèvent en criant, un poulot leur a renversé du cassis à l'eau sur la robe. Communiantes, grandes gigues, petites mariées on dirait, avec leurs deux balles mousse sous le corsage, elles viennent finir la fête avec leurs parents au café chez nous. Je regardais, visages, bleus de travail, couvertures des sidis pas chères, mouches à vin, hareng saur calciné sur le gril, poils mystérieux et sacrés... Je touchais, paumes collées aux fromages, à la surface gluante des baquets d'eau de lessive vieille de cinq jours, doigts dégoulinants de confiture, petits fouineurs... La petite reine de mon corps, infiniment douée pour la vie, mollets et cuisses durs enfermant des cordes à nœuds de ma fabrication. Le bonheur sans comparaison. M. et Mme Lesur, débitants rue Clopart. Fille unique, Denise. Comment me serais-je doutée que ça finirait comme ça ? Je ne me doutais de rien quand je montrais mon quat'sous à la glace de la cave à vin, chaude de regards imaginaires. Cracher, vomir pour oublier. La vie crevée au-dedans de moi, de mon ventre. Quand, comment. Je me raconte. Je n'ai pas encore trouvé.

C'était à la kermesse, on avait vu une scène de théâtre, on y avait posé une grosse boîte d'argent. J'étais contre mon père et ma mère. Une femme avait dansé, souri, hop, elle s'était fourrée dans la boîte. Des hommes avaient fermé le couvercle et s'étaient mis à crever le carton à coups de sabre, une vraie pelote d'épingles. Je n'arrive pas à me rappeler si on l'a vue sortir. Des couteaux qui s'entrechoquent, droit sur le ventre, de biais dans les reins, toutes les pointes rejointes au-dessus des poils. J'avais peur en revenant rue Clopart, ils me serraient la main. « C'est des blagues tout ça, t'en fais pas... » Je voyais les grosses chaussures de mon père pleines d'herbes collées avancer à côté des miennes, ma mère avait sa belle robe à rayures bleues, je me serrais contre elle. Cinq ans, six ans, je les aime, je les crois. Bon Dieu, à quel moment, quel jour la peinture des murs est-elle devenue moche, le pot de chambre s'est mis à puer, les bonshommes sont-ils devenus de vieux soûlographes, des débris... Quand ai-je eu une trouille folle de leur ressembler, à mes parents... Pas en un jour, pas une grande déchirure... Les yeux qui s'ouvrent... des conneries. Le monde n'a pas cessé de m'appartenir en un jour. Il a fallu des années avant de gueuler en me regardant dans la glace, que je ne peux plus les voir, qu'ils m'ont loupée... Progressivement. La faute à qui. Et tout n'a pas été si noir, toujours eu des plaisirs, ça me sauvait. Vicieuse.

Il y a eu l'école libre. L'école, mot orange, ça ressemble à l'église, mon père en parle de la même manière. Assis à califourchon sur une chaise du café, je veux le faire danser *Viens poupoule* parce qu'il ne connaît que ça. Il s'arrête d'un seul coup, très sérieux. « Dis, tu vas bientôt à l'école ! Faudra bien te tenir, bien causer. L'école libre, tu sais ! » Il a peur que je n'apprenne rien, que je ne sache pas... « Tu te feras punir ! » Je n'ai peur de rien. J'avais tout ce qu'il fallait, un cartable de cuir, c'est les meilleurs,

to straddle

une ardoise et des mines. « Prête pas tes affaires, elles coûtent cher » et « n'enlève pas ton gilet, tu vas le perdre ». C'est mon père qui m'a portée sur la barre de son vélo, sa salopette cachée par son veston, les jambes attachées par des élastiques. On est entrés dans un grand couloir aux carreaux rouges et blancs, plein de portes. Il n'y avait personne. Mon père ne savait plus où aller, il était malheureux. On est ressortis, on était trop en avance, on a trouvé la bonne porte quand les autres élèves sont arrivées. C'était la rentrée de Pâques et tout le monde était habitué. Après, j'étais dans la cour avec les autres filles, elles voulaient que je joue. Je n'ai pas envie, j'ai mon cartable, mon porte-mine, mon éponge. Ce ne sont pas de vrais jeux, elles courent de tous les côtés, elles se tapent dans le dos, elles tournent en chantant. Pas un coin pour jouer à cache-cache, pas de casiers pour se construire une maison, jouer à la mère, au crochet radiophonique. Elles ne se tapent pas sur les fesses, elles ne se tirent pas les tifs. Certaines ont des croix attachées à leur blouse par des nœuds en coque. Jeux idiots, des bêtises, une agitation de poules, je t'attrape, à moi, touchée, sans arrêt. Une cloche sonne. Ça s'apaise, on dirait que tout le monde va se coucher, s'endormir, les filles en train de courir comme des dératées s'amollissent et vont se ranger en se taisant. Je suis toute seule, la cour remuante s'est changée en une grande flaque grise de graviers. Bon Dieu, s'il fallait recommencer, toutes les filles qui riaient en me regardant quand la maîtresse a dit « la petite nouvelle, comment vous appelez-vous ? » Denise Lesur, c'était comme si ça se décollait de moi, j'aurais pu dire Monette Martin, Nicole Darbois, c'était pareil. De toute façon, je voyais qu'elle s'en fichait. Il a fallu lui répéter.

L'avorteuse n'a pas demandé mon nom. J'étais prête à en inventer un. C'est facile de se rappeler l'école. Ça paraît innocent, sans importance. « On la mettra à l'école libre, elle apprendra mieux, ils sont plus tenus, les gosses. » Bien tenue, les cuisses écartées, comme dans du beurre. La bonne éducation de l'école libre. Monette allait déjà à l'école communale, ma mère s'excusait auprès des clients : « C'est pas pour faire bien, mais l'école libre, c'est moins loin que la communale, c'est plus pratique pour la conduire, on est tellement occupés. »

Je n'ai jamais pleuré, je n'ai pas été malheureuse les premiers jours. Je ne reconnaissais rien, c'est tout. L'ennui de papa et de maman, des blagues, je savais bien qu'ils ne s'envoleraient pas et de toute façon ils ne s'occupaient pas beaucoup de moi. A quatre heures et demie, papa serait là avec son vélo. Le manque de liberté, comme on dit, ne pas faire ce qu'on veut, se lever, s'asseoir, chanter, ça ne me gênait pas. Au contraire. Studieuse qu'ils ont toujours dit. J'ai essayé tout de suite de bien faire tout ce que la maîtresse disait de faire, les bâtons, les bûchettes, le vocabulaire, de ne pas me faire remarquer. Je n'ai jamais eu envie de me sauver, même pas de traîner dans la cour quand la cloche était sonnée. Celles qui le faisaient, j'avais envie qu'elles soient punies. Jamais pensé à l'école buissonnière. Il y avait quelque chose de bizarre, de pas descriptible, le dépaysement complet. Rien de pareil à l'épicerie-café Lesur, à mes parents, aux copines de la cour. Il y avait des moments où je croyais retrouver quelque chose, le jardinier par exemple, quand il passait sous la fenêtre de la classe, en bleus avec son veston sale, ou bien l'odeur du hareng près du réfectoire, un mot, mais c'était plutôt rare. Ça ne paraissait pas vrai, c'était le jardinier de l'école, le hareng de l'école. Même pas la même langue. La maîtresse parle lentement, en mots très longs, elle ne cherche jamais à se presser, elle aime causer, et pas comme ma mère. « Suspendez votre vêtement à la patère ! » Ma mère, elle, elle hurle quand je reviens de jouer « fous pas ton paletot en boulichon, qui c'est qui le rangera ? Tes chaussettes en carcaillot ! » Il y a un monde entre les deux. Ce n'est pas vrai, on ne peut pas dire d'une manière ou d'une autre. Chez moi, la patère, on connaît pas, le vêtement, ça se dit pas sauf quand on va au Palais du Vêtement, mais c'est un nom comme Lesur et on n'y achète pas des vêtements mais des affaires, des paletots, des frusques. Pire qu'une langue étrangère, on ne comprend rien en turc, en allemand, c'est tout de suite fait, on est tranquilles. Là, je comprenais à peu près tout ce qu'elle disait, la maîtresse, mais je n'aurais pas pu le trouver toute seule, mes parents non plus, la preuve c'est que je ne l'avais jamais entendu chez eux. Des gens tout à fait différents. Ce malaise, ce choc, tout ce qu'elles sortaient, les maîtresses, à propos de n'importe quoi, j'entendais, je regardais, c'était léger, sans forme, sans chaleur, toujours coupant. Le vrai langage, c'est chez moi que je l'entendais, le pinard, la bidoche, se faire baiser, la vieille carne, dis boujou ma petite besotte. Toutes les choses étaient là aussitôt, les cris, les grimaces, les bouteilles renversées. La maîtresse parlait, parlait, et les choses n'existaient pas, le vantail, le soupirail, j'ai mis dix ans à savoir ce que c'était. La bergerie est gardée par le berger, Azor gardera la maison, des histoires pour rire, des amusettes d'institutrice. Les filles de la classe répétaient en chœur p-a, pa, p-e, pe, le doigt collé aux lettres, le rire me chatouillait. Ça, l'école, des tas de signes à répéter, à tracer, à assembler ? Comme le café-épicerie était plus réel ! L'école, c'était un faire comme si continuel, comme si c'était drôle, comme si c'était intéressant, comme si c'était bien. C'est la maîtresse elle-même qui se faisait son émission de radio, elle lisait des histoires en se tordant la bouche, en roulant des gobilles pour faire le grand méchant loup. Tout le monde riait, je riais aussi en me forçant. Les bêtes parlantes, ça ne m'a jamais tellement intéressée. Je pensais qu'elle se fichait de nous en racontant ces bêtises. Elle sautait si bien sur sa chaise que je l'ai plutôt prise pour un peu demeurée, bêbête et que ça n'arrangeait pas de raconter ces histoires de chiens et d'agneaux. Les filles à côté de moi faisaient croire que ça les intéressait, il y en avait une, ma voisine, qui se retournait toutes les cinq minutes en rigolant et, hop, elle écoutait la maîtresse et elle recommençait. Je m'amusais à faire comme elle, j'ai toujours voulu faire comme tout le monde. Il n'y a que maintenant, pas de modèle, rien, c'est ça le truc horrible. Tout le monde jouait à faire semblant. La maîtresse disait « enfilez votre vêtement, c'est bientôt l'heure » et on restait les bras croisés à attendre la cloche. Ça ne servait à rien, on aurait pu aller dans la cour pour attendre, ou bien ne pas attendre du tout. On grattait les pieds sous les tables, on chuchotait, on faisait semblant de ne pas s'ennuyer. Jusqu'à la cloche, qui paraissait un truc invisible, lointain, qui grelotte de temps en temps dans son coin, un truc minable, à peine plus fort que la sonnette de l'épicerie. Mais celle-là, elle tintait avec la cliente, c'était la cliente, les commissions, les sous dans la caisse. De la fantaisie à côté, la cloche de l'école, des ding-dong pour le plaisir.

A l'école, je ne pouvais pas manger, pas boire, pour aller aux cabinets, c'était toute une affaire. Il faut monter au bureau de la maîtresse, demander « je peux sortir ? » et non pas « je peux aller aux cabinets », tout ça avec le pipi au bord, qui brûle. Il ne faut jamais montrer qu'on rêve d'un bout de saucisson, d'un grand verre de grenadine à l'eau ou que le quat'sous démange à s'y fourrer toute la main. « La Françoise a fait dans ses culottes ! » Pierrette a vu en ramassant un crayon. Des oh, des ah, les mains se secouent d'horreur. La maîtresse arrache Françoise du banc. Une énorme tache couleur café au lait, c'est déjà vieux. Cris, pleurs, la maîtresse file d'un pas raide au lavabo, Françoise sous le bras. La tête dessous. Jusqu'à la cloche, elle pousse de petits cris dans son mouchoir. Si ça m'arrivait, quand je n'ose pas demander... Tenir jusqu'à la récré. Là, au contraire, on ne pense qu'à ça, des douzaines de grandes filles, de petites se massent devant les cinq cabinets. C'est à qui rentrera la première. Au début, j'ai cru qu'elles jouaient, c'était pas possible qu'elles aient toutes envie au même moment. J'ai dit « je veux aller aux cabinets ». J'ai poussé les filles. Elles ont ri, j'ai essayé de me glisser entre leurs jupes — et il y en a une qui a crié « ce qu'elle est bête celle-là ! » J'avais mal au ventre, j'ai pensé au cabinet dans la cour de mes parents. Après, j'ai compris que les autres filles attendaient aussi, je me suis mise à la queue. Si toute la récré se passait aux chiottes... Elles se trémoussaient en se tenant le quat'sous pour avoir moins envie. J'ai eu mal au cœur dès que je suis entrée dans ce cabinet dégoulinant d'eau, de pipi, les murs couverts de virgules brunes, la cuvette blanche glougloutante, bordée de merdes séchées. Les cuisses glacées sur le rebord, les pieds pataugeant dans l'eau, une odeur d'eau partout et de merde, une lessive de merde. Les filles tapent à la porte. Chez moi, quand le soleil arrivait sur le losange, les toiles d'araignée brillaient, ça sentait le papier journal accroché au clou et la pisse doucement chauffée. Mon envie était toute rentrée.

Deux mondes. Les comparaisons, à quel

moment c'est venu. Pas encore, pas dans les premières années. Grande cour froide encadrée de tilleuls, un portique au milieu avec une balançoire, une corde à nœuds. Chacune son tour. Jamais je ne m'y suis faite. Une fille me dit méchamment « tu n'as pas de culotte ! » Elle devait être rentrée dans la railette des fesses. Elles voient tout. Tableau noir, opérations, mots... Petite cour derrière l'épicerie, casiers et cartons odorants, bocaux jaunes et acides de la devanture. Les voix de mon père, de ma mère, les mots qu'on n'a pas besoin d'écouter pour les comprendre, phrases courtes et épaisses, le vieux Martin, y mange les pissenlits par la racine, faut pas oublier de casser la croûte, à toi l'honneur, la der des ders, à la revoyure ou à tantôt... Tout était en moi, ronronnant et chaud. Dès que je saute du vélo de mon père, que j'entre dans la boutique, les choses, les gens, les paroles me recouvrent à nouveau. Serpent de lait au milieu des carreaux gris, deux mesures bien tassées mame Lesur, ce qu'elle est chineuse, La Canu, tartines piquées d'un radis noir, aux larmes, ou de pâté granuleux, les jambes au soleil, à l'entrée du café. Hé, Ninise, baisse le capot, on voit le moteur ! Tout consistait à passer tranquillement d'un monde à l'autre sans y penser. Ne s'étonner de rien.

Ça ne s'est pas passé comme ça, j'ai mélangé les deux, souvent au début, pendant combien d'années ? Le cours préparatoire, la maîtresse aux lèvres en croissant triste, le cours élémentaire, la vieille Aubin qui regardait sous les tables à cause des mains...

Je suis souvent en retard, cinq, dix minutes. Ma mère oublie de me réveiller, le déjeuner n'est pas prêt, j'ai une chaussette trouée qu'il faut raccommoder, un bouton à recoudre sur moi « tu peux pas partir comme ça ! » Mon père file sur son vélo, mais ça y est, la classe est rentrée. Je frappe, je vais au bureau de la maîtresse en faisant un plongeon. « Denise Lesur, sortez ! » Je ressors, sans inquiétude. Retour, replongeon. Elle devient sifflante. « Ressortez, on n'entre pas ainsi ! » Re-sortie, cette fois, je ne fais plus de plongeon. Les filles rient. Je ne sais plus combien de fois elle m'a fait entrer et sortir. Et je passais devant elle, sans rien comprendre. A la fin, elle s'est levée de sa chaise en serrant la bouche. Elle a dit « ce n'est pas un moulin ici ! On s'excuse auprès de la personne la plus importante, quand on est en retard ! Vous l'êtes toujours, d'ailleurs ». La classe pouffe. J'étouffe de colère, tout ce cirque pour ça, pour rien, et, en plus, j'en savais rien ! « Je ne savais pas, Mademoiselle ! — Vous devriez le savoir ! » Et comment ? Personne, jamais, ne me l'a dit, chez moi. On entre quand on en a envie, personne n'est jamais en retard au café. C'est sûrement un moulin, chez moi. Quelque chose me serre le cœur, je n'y comprends rien, l'école, le jeu léger, irréel se complique. Les pupitres durcissent, le poêle sent fort la suie, tout devient présent, bordé d'un trait épais. Elle s'est rassise, elle pointe son doigt sur moi en souriant « ma petite, vous êtes une orgueilleuse, vous ne VOULIEZ pas, non, vous ne VOULIEZ pas me dire bonjour! » Elle devient folle, je ne peux rien lui dire, elle parle tout à côté, elle invente. Après je lui disais à chaque fois pourquoi j'étais en retard, le bouton, le déjeuner pas fait, une livraison matinale, et je la saluais. Elle soufflait sans rien dire. Un jour, elle éclate « Comment, votre mère fait sa chambre à midi ? Tous les jours ? — Ça dépend, des fois l'après-midi, des fois elle la fait pas, elle a pas le temps. » Je cherche à me rappeler. « Vous moquez-vous du monde ? Vous croyez que ça m'intéresse vos histoires ? » C'est la fille à côté qui me renseigne. Les lits, ça se fait le matin, oh la la, tous les jours. « Tu dois habiter une drôle de maison ! » Les autres filles sont retournées, elles chuchotent entre elles. Les rires, le bonheur, et tout à coup ça tourne comme du vieux lait, je me vois, je me vois et je ne ressemble pas aux autres... Je ne veux pas le croire, pourquoi je ne serais pas comme elles, une pierre dure dans l'estomac, les larmes piquent. Ce n'est plus comme avant. Ça, l'humiliation. A l'école, je l'ai apprise, je l'ai sentie. Il y en a qui sont sûrement passées à côté, que je ne sentais pas, je ne faisais pas attention. J'avais bien vu aussitôt que ça ne ressemblait pas à chez moi, que la maîtresse ne parlait pas comme mes parents, mais je restais naturelle, au début, je mélangeais tout. Ce n'est pas un moulin, mademoiselle Lesur ! Vous ne savez donc pas que... Apprenez que... Vous saurez que... C'est pourtant la maîtresse qui avait tort, je le sentais. Toujours à côté. D'ailleurs quand elle disait « votre papa, votre maman vous permettent-ils d'entrer sans frapper ? » en détachant les mots, j'avais l'impression qu'elle parlait de gens tout à fait inconnus, un décalque qui flottait derrière moi, à qui elle parlait. Ils auraient dû ressembler au décalque, mes parents, ç'aurait été facile. Tout le problème, c'est qu'ils en étaient loin... Elle était forcément toujours à côté, la maîtresse.

On ne parle jamais de ça, de la honte, des humiliations, on les oublie les phrases perfides en plein dans la gueule, surtout quand on est gosse. Etudiante... On se foutait de moi, de mes parents. L'humiliation. Il n'y avait pas que la maîtresse du cours préparatoire, la salope, ses longues mains blanches, même quand il n'y avait pas de craie c'est comme si il y en avait, toujours à tripoter le stylo plume or. Les filles... « Qu'est-ce qu'il fait ton père ? Epicier, c'est chouette, tu dois en manger des bonbons ! » Tout doux, tout chaud au début, on ne s'y attend pas, je suis fière, heureuse. Et d'un seul coup, la poignée de mots qui va tourbillonner en moi pendant des heures entières, qui va me faire honte. « Café aussi ? Il y a des bonshommes saouls alors ? C'est dégoûtant ! » Ma faute, j'aurais dû me taire, je ne savais pas. « Dans le quartier Clopart ? C'est où ça ? C'est pas dans le centre ? C'est une petite boutique alors ! » Dans la classe, j'y pense, je regarde la fille qui m'a humiliée. Jeanne, devant moi, souriant, ses grandes dents et sa langue toute large, à moitié sortie quand elle rit. Je ne peux rien faire, c'est rentré, des limaces accrochées en boule. Jeanne, son père est opticien dans le centre, sa mère ne travaille pas, ils ont une grosse voiture noire. Ça m'est égal, ce n'est pas ma faute. Elle est au premier rang, elle n'a pas de blouse, je vois ses petites manches ballon comme deux grosses fleurs au haut de ses bras, la raie qui sépare ses cheveux nattés en fesses noires et brillantes. Elle lève le doigt, elle raconte, elle fait rire la maîtresse. Elle ne pense même plus à ce qu'elle m'a dit. A l'aise. « Mademoiselle, mon papa l'autre jour... » Ça intéresse la maîtresse. Toute la classe connaît les histoires de Jeanne, des parents de Jeanne. Je vois bien que les miennes ne sont pas pareilles, qu'il vaut mieux les cacher, « de mauvais goût », elle dit la maîtresse. « Hier soir, le père Leduc était tellement saoul qu'il est tombé sur le trottoir, qu'il a dormi sur sa bouteille. » La maîtresse se fige, et pourtant j'aurais bien continué « c'est ma mère qui a dû se payer le nettoyage, il avait dégueulé partout ». Elle a changé tout de suite de conversation, la maîtresse, ce que je vivais ne l'intéressait jamais. Le goût. La sonde, le ventre, ça n'a pas tellement changé, toujours de mauvais goût. La Lesur remonte.

Je me sentais lourde, poisseuse, face à leur aisance, à leur facilité, les filles de l'école libre. J'enlevais le gros gilet de laine que ma mère m'avait fait enfiler en plein mois d'avril. Je croyais sortir de ma lourdeur, de ma grossièreté, je n'étais pas Jeanne pour autant. Il me manquait tout le reste, flottant autour d'elle, la grâce, le truc invisible, inné, le magasin rutilant de lunettes d'écaille, de montures roses, le salon, la bonne. Mais je ne faisais pas le rapport. Je croyais que sa légèreté, ses moqueries alertes étaient de purs dons, rien à voir avec le magasin, le hall d'entrée aux plantes vertes. C'est ça qui est terrible, je croyais que c'était définitif. Denise Lesur, je n'étais rien à côté, moi, la petite reine de l'épicerie-café, ici c'était zéro. J'aurais voulu être Jeanne et après, des quantités d'autres, qui me montraient leur supériorité en me méprisant. Roseline, la fille d'un gros cultivateur des environs, elle m'a fait porter son sac plein de gâteaux toute une récréation et elle ne m'en a pas donné une miette. Elle les mange les uns après les autres, le sucre tombe sur son manteau, la crème s'échappe de chaque côté. Jusqu'à la dernière bouchée, je guette le morceau qu'elle devrait me donner. La cloche sonne, elle s'ébroue et se frotte la bouche. Salope ! Tes gâteaux à la merde ! Elle a des cheveux longs, tout blonds, des bottes vernies noires. Son père est le maire de la commune où elle habite. Je ne suis bonne qu'à porter son sac. Ne plus être Denise Lesur, ça commence seulement. Toutes les autres vivent pour elles, elles écoutent, elles écrivent, elles vont tranquillement aux cabinets et moi je les regarde écouter, écrire, aller aux cabinets. Quand j'entre dans la classe, je deviens moins que rien, un paquet de petits points gris qui se pressent contre les paupières, en fermant les yeux. J'ai laissé mon vrai monde à la porte et dans celui de l'école je ne sais pas me conduire.

Des bouquets d'humiliation, des figures et des figures heureuses autour de moi, mais j'ai mes vengeances, je coupe les nattes, je piétine des blouses à fleurs, je pince des zizis et lentement, je me satisfais par l'imagination. Croire leur ressembler après les avoir mises en morceaux en pensée... Oui, malgré tout, je serai peut-être comme Roseline, moi qui suis tapie à mon pupitre, sans grâce, moche, Denise Lesur, toute barbouillée déjà de mon nom par la maîtresse, par les élèves. Denise Lesur ! Au tableau ! Denise Lesur pomme sure !

C'est loupé, je ne leur ressemble pas. Jeanne est déjà mariée à un gros droguiste du Havre, Roseline traîne le dimanche dans les bals à la recherche d'un Jules. Elles ne se sont pas étalées chez une faiseuse d'anges. Pourtant, je les ai eues, je me suis foutue de leur gueule après. Elles n'ont pas dépassé la cinquième, la quatrième, ratiboisées en cours de route. Dire qu'elles m'en ont fait baver, qu'elles m'ont jeté à la figure le café-épicerie, et le reste, dont elles ne se rendaient même pas compte, leurs façons de marcher, leurs oh ma chère ! Et la maîtresse, les maîtresses, haïes, détestées. L'aumônier, à pas oublier celui-là, son gros coup de pouce pour m'arracher définitivement à mon bonheur de la rue Clopart. Confession ! La maîtresse à distribué les papiers « vous avez une heure pour noter tous vos péchés, toutes les fautes que vous avez commises, il y a un questionnaire à la fin du petit catéchisme ». Un jour d'hiver ou de printemps. C'est Françoise qui est ma voisine. Questions obscures et difficiles. Avez-vous été orgueilleuse ? Combien de fois ? Je vois la cour de l'école, les tilleuls, la boutique fraîche à l'odeur de sel gris, les tresses noires de Monette. Comme un ruban lisse où voltige le mot orgueilleux, plein de soleil. Jamais. Mais il y a des parenthèses (vous êtes-vous cru au-dessus des autres ?). Je grandis, je dépasse tout le monde, je tiens toute la classe dans le regard... J'ai été orgueilleuse, souvent. J'ai été... j'ai été... J'ai tout été. La liste est longue. Des dizaines de Denise Lesur tombent à côté de moi, séchées, enterrées. J'écris joyeusement. Voleuse de sucre, paresseuse, désobéissante, toucheuse d'endroits vilains, tout est péché, pas un coin de souvenir pur. Mais après, il ne restera plus rien. « Huit » souffle Françoise. Je m'inquiète « dix-sept ! » Huit à dix-sept... Rien à faire, je n'adore pas Dieu, je ne respecte pas mes parents, tout est à dire. Le seul moyen, en faire passer deux ensemble. Le papier à la main, nous voici en rang dans la chapelle. Péchés de toutes les filles dans l'air, rigolades, encens et bancs bousculés, c'est la fête au milieu des soustractions et de la grammaire. Serrées les unes contre les autres, la jupe sous les fesses de la voisine, mélangées, semblables. L'une après l'autre, elles disparaissent dans la petite maison de bois à deux entrées, hop, un volet tiré puis l'autre. Il n'y a pas de rideaux, le truc affreux que je me rappelle.

Je n'ai vu que ses yeux bleus glacés et les broderies vertes qui se perdaient derrière les grilles. J'ai tout lu, posément, j'ai plié le papier et je l'ai regardé. Un seul péché l'a intéressé, combien de fois, toute seule ? Des garçons ? Je réponds tranquillement mais ses yeux sont méchants. Tout à coup, il se met à débiter des choses à une allure folle, des choses sèches, grouillantes. Une horrible bête grandit entre mes jambes, plate, rouge comme une punaise, « immonde ». Ne pas la voir, ne pas la toucher, la cacher à tous, c'est le diable qui est dedans, tout chaud, qui me chatouille et me picote, Dieu, la vierge, les saints vont m'abandonner... « Dites l'acte de contrition. » Quand je me suis relevée, ahurie, je suis allée m'agenouiller très loin. J'étais sûre qu'il continuait de me regarder avec ses yeux fixes et il allait raconter mes péchés à tout le monde. J'avais cru les fourguer d'un seul coup, les voir disparaître comme les billes dans le pot, et il m'avait mis le nez dedans, M. l'abbé, il m'en avait couvert des pieds à la tête. J'en suis sortie sale et seule. Il n'y avait que moi, personne d'autre ne glissait le doigt dans le quat'sous, personne ne le regardait dans une glace, personne ne rêvait de faire pipi à plusieurs. Toute seule. Derrière moi, la classe chuchotait, libre, sans péchés mortels. Si les autres avaient été comme moi, il n'aurait pas fait un tel foin. Rien à faire, j'étais rejetée, coupée des autres par des trucs « immondes ». En une dizaine de phrases, les images mystérieuses, les fleurs étranges qui montent le long des cuisses, les mains aux mains accrochées, impatientes, les fouilles suivies de comparaisons avec Monette derrière les casiers, toutes culottes dehors, plus rien, il n'y a plus qu'une pantomime horrible, des gestes « déshonnêtes », des pensées impures. Plus un coin de clair et d'heureux. La bête est en moi, partout. Peut-être que si je ne bouge pas, si je reste agenouillée devant les statues blanches, je deviendrai pure, recouverte de la belle robe blanche dont il m'a parlé. Une belle statue moi aussi. Mais je vais repartir, les péchés vont me ressauter dessus comme un boisseau de puces. Je le sentais que c'était fichu d'avance, toute ma vie, un monstrueux péché. Pas de salut possible. Coupable, coupable. Confusément lié aux rayons de la boutique couverte de conserves, aux fumées et aux cris du samedi soir, à ma mère chaude et lourde, lâchant ses pets et ses gros mots dans la cuisine, le soir. Chez moi, j'étais libre de puiser dans les bocaux et les pots de confiote, d'agacer les vieux soûlots, de parler comme les mots me venaient, du popu et du patois. Mes gestes et mes actions ne se distinguaient pas de l'odeur douce des apéritifs rutilants dans les verres, des rires des joueurs de dominos. Je vivais dans une belle unité. Et puis toutes ces remarques, ces ricanements, non, les choses de mon univers n'avaient pas cours à l'école. Ni les retards, ni les envies, ni les mots ordinaires n'étaient permis. L'aumônier par là-dessus... A leur tour, la vierge, les saints, l'Eglise adorée condamnent jusqu'à mes pensées, mes désirs vagues au milieu des bouteilles de Byrrh et de vin rouge. Je ne peux pas séparer ce que je fais de mal et mon milieu. L'Eglise rejette tout en bloc, la jument noire de dix heures, ma mère affalée de fatigue, mon père qui sort son dentier après manger, mes plaisirs que je croyais innocents. Dieu, Dieu sourit à Jeanne, à Roseline, leur gourmandise, leur paresse ressemblent à de jolies fautes vénielles, des riens amusants, dans leur chambre laquée blanc, leur salle à manger aux rideaux de cretonne fleurie, comme elles racontent. Quelque chose de poisseux et d'impur m'entoure définitivement, lié à mes différences, à mon milieu. Toutes les prières de pénitence n'y feront rien. Il faut que je sois punie.

J'ai senti tout ça, ces yeux pâles qui m'hypnotisaient dans le confessionnal... des billes de verre à balancer contre le mur. Humiliée... vicieuse... Douée pour tous les vices et je l'ai cru... J'arrivais à supporter tout. Maintenant aussi, je supporte. Je savais bien que ça arriverait fatalement. Pas seulement parce que je les déteste, les parents et leur milieu. Ça remonte là-bas, c'est prouvé. C'est bien moi qui suis en train de faire une fausse couche, pas Jeanne, ni Roseline. Peut-être trop facile de croire ça, l'idée de péché dure plus longtemps que le péché. Et j'ai toujours pensé que j'étais la seule. Qu'il y avait d'autres filles comme moi, paumées à l'école, pas à l'aise, ne m'a jamais effleurée, à la fac non plus. Peut-être qu'une fille est en ce moment, comme moi, en train de se tenir le ventre, avec la trouille. Je n'arrive pas à l'imaginer. Pour elle ce serait un hasard, un truc accidentel, la poisse. Moi, ça m'attendait déjà dans la classe du cours élémentaire, sous l'œil de sainte Agnès et de son mouton, accrochés au mur. Exclue de la ronde des petites filles gentillettes et pures. Les salopes, je faisais pourtant tout pour être bien vue d'elles, pour dissimuler que je ne suis pas comme elles... Je leur apporte des étiquettes superbes que mon père colle sur les litres de vin, des vignettes et des animaux en plastique que j'enlève en douce des paquets de café et des tablettes de chocolat. Elles s'agglutinent autour de moi aux récrés, je fais la distribution avec des commentaires « toi, celle-là, parce que tu es gentille, non pas toi ! » Elles tirent la langue de dépit et je m'en vais, heureuse de les avoir à mes pieds. Ma mère en fait autant, à la fin du mois, quand j'amène la facture de l'école, elle met cinq francs de plus pour la maîtresse « faut te faire bien voir ! » Je monte au bureau et je crie fort « ma mère a dit que vous gardiez le reste pour vous ». Au jour de l'an, c'est une boîte de chocolats sans emballage que je sors du cartable et pose sous le nez de la maîtresse. Les filles me détaillent, muettes de jalousie. Et puis je corse, j'invente des tas d'histoires, j'ai découvert le joint, broder, en mettre plein la vue pour être à leur hauteur. L'épicerie-café, impossible d'y rien changer mais il y a tout le reste « mon père gagne beaucoup d'argent, j'ai des jouets magnifiques ». Poupées immenses, qui marchent, qui parlent, qui ont des robes de soie, dînettes si fragiles qu'elles ne doivent jamais sortir de ma chambre. Et des oncles à Marseille, à Bordeaux, les uns docteurs, les autres riches fermiers, à une époque lointaine, j'ai visité les Alpes, la tour Eiffel, le mont Saint-Michel... Je m'embrouille à chaque fois, je rectifie. Elles gobent, je leur rentre dans la gorge leurs vacances au bord de la mer, leur magasin d'optique, de librairie, leurs fermes, avec des noms de villes, de fleuves tirés du cours de géographie, que je décris avec un luxe de détails imaginaires. J'ai fait une découverte, quelque chose de brutal et de beau, moi, la fille Lesur, empotée, gourde, je réussis très vite aux jeux de l'école, la lecture, les opérations, l'histoire, ça ne me coûte rien. Pendant deux ans, je suis assise à mon pupitre et je regarde des signes, les mots m'imprègnent, étranges et sans importance. Une fois le seuil de la boutique franchi, je retrouve ma voix ordinaire, pas celle de l'école, emberlificotée, trop douce, je jette mon cartable n'importe où. Les jours de printemps, je fonce chez Monette, je la ramène dans ma cour. Nous nous déguiserons jusqu'au soir avec le linge sale préparé pour la lessive, nous tourmenterons les poules de l'enclos. L'hiver, assises à une table du café, nous jouons pendant des heures à faire des maisons en dominos, à découper les photos de *Confidences* pour nous inventer des histoires, à barbouiller de peinture l'Almanach Vermot, en ajoutant, avec des rires en douce d'énormes zizis aux hommes en maillot de bain. Des poignées de bonbons au creux du tablier mêlent le plaisir d'une bouche toujours pleine de sucre aux jeux et aux histoires. Sans parler des encouragements que nous distribuent les clients, de l'odeur de pot-au-feu le samedi ou d'essence de térébenthine quand ma mère détache les vêtements empilés sur une chaise au fond du café. Je n'ouvrais pas le cartable de la soirée. Je me fichais des divisions et des Gaulois. Mes parents aussi, au début. C'est après, quand j'ai eu de bonnes notes, qu'ils m'ont talonnée...

Sept sur dix ! Françoise rugit de joie. Jeanne piaule « trois ! » en laissant dégouliner son nez sur le bureau. Je la regarde avec curiosité, elle pleure pour ça ! Personne ne lui a foutu de torgniole et elle ressemble à une poupée de carton bouilli. « Mes parents vont m'attraper ! » Je commence à être fière de mes dix sur dix répétés. Pour un peu, je lui tirerais la langue, à Jeanne. Les filles commençaient à être plus gentilles, elles parlaient moins de mon boui-boui de commerce. En même temps, je commençais à jeter un œil le soir sur les leçons, pour garder ma supériorité. Assise tout en haut de l'escalier qui va de la cuisine à la chambre, avec une boîte de biscuits au détail comme pupitre, ou bien sur le pavé de la cour, les jambes pleines de graviers collés. « Ninise ! T'as les cuisses roses ! » Je riposte entre deux leçons. « Vous allez voir mon père, ce qu'il va dire ! — Petite sagouine ! » Les volcans et la table de neuf dansent et se dévident au soleil... Dépassée, baisée, la Françoise, comme dit mon père. Avec ses deux couettes, cette crâneuse, elle fera la tête, et le cœur me galope dans la poitrine d'y penser. Elle va voir ! Je voudrais être à demain, me lever et répondre sans une faute aux questions de Mademoiselle. C'est comme ça que j'ai commencé à vouloir réussir, contre les filles, toutes les autres filles, les crâneuses, les chochotes, les gnangnans... Ma revanche, elle était là, dans les exercices de grammaire, de vocabulaire, ces phrases bizarres qu'il fallait suivre tout entières comme de longues murailles dentelées à travers un désert, sans jamais arriver quelque part. Dans les additions, les dix mots journaliers d'orthographe, la cigale mystérieuse et la fourmi en tablier, vignette du chocolat Menier, dans tout ce que je récite, que je trouve, que je réponds. Si une fille ne sait pas, Mademoiselle lève le menton, « Denise Lesur... » et je dis la réponse, c'est comme si je fichais une claque en pleine poire à la fille. Mieux même, ça ne se voit pas, il n'y a pas de retour possible. Il y a la dérouillée générale, celle que je flanque une fois par trimestre, merveilleusement seule et brûlante d'attente à mon pupitre : les résultats des compos... Elle s'arrêtait, Mademoiselle, « première... » Toutes les maîtresses se sont arrêtées, pour faire croire... des fausses pistes... délicieux... Ça y est, mon nom remplit la classe, liquide dans la bouche de la maîtresse, recroquevillé sur la figure des filles. C'est moi, moi... et toutes s'aplatissent sous la vague, Denise Lesur, les garces, la voilà, Denise Lesur, la godiche, la vicieuse du curé, mais rien à faire, je réussis mieux que vous. La voix débite les places et les notes des autres, plus besoin d'écouter, seuls les battements de mon nom rentré en moi, enfin réel et chaud. Vous me faites chier, baisées les pétasses. D'autres dictées, d'autres soustractions commencent, je frémis, il ne faut pas qu'elles reprennent le dessus ! Qu'elles se rapprochent sournoisement...

Pour conserver ma supériorité, ma vengeance, je pénétrais de plus en plus dans le jeu léger de l'école. Ma mère, elle jubilait, elle racontait à l'épicerie que j'apprenais bien, « tout ce qu'elle veut ! », elle n'en revenait pas, c'était drôle « elle a pas la tête dure, vous savez ». Elle prenait des airs mystérieux « un futur professeur m'a dit sa maîtresse ! » et je me fourrais sous le comptoir pour ne pas avoir l'air d'écouter. « Avec ça, elle crâne pas, il y en a qui diraient... Elle se débrouille toute seule, pas besoin de s'en occuper. » Ça les a toujours estomaqués, que je ne sois pas crâneuse, que je ne me vante pas, que je ne dise pas mes notes. Ça n'avait d'importance qu'à l'école, dans la classe, face aux filles, à la maîtresse, pas avec les clients ni mes parents. Pourtant, j'aimais entendre ma mère parler de moi aux clientes, ce ton prudent, cette voix basse... L'école, pour elle, c'est un truc sacré, on n'y entre pas, les murs cachent tout mais moi, sa fille, sa fille, Denise, j'avais la grâce, des facultés. J'ai envie de danser, de rigoler aussi en entendant les bouts de conversation. Je ne trouve plus l'école tellement mystérieuse et je ne me sens pas touchée spécialement par la grâce. C'était la bonne période, entre huit et douze ans, j'oscillais entre deux mondes, je les traversais sans y penser. Il suffisait de ne pas se tromper, les gros mots, les expressions sonores ne devaient pas sortir de chez moi, liées au encoignures vert-de-gris des pièces, au cassoulet collé que je gratte au fond de la casserole. A l'école, je devais faire comme si c'était vrai et important ce qu'on apprenait, rire quand la maîtresse racontait des amusettes, l'histoire de Poum, de Rémi et Colette, s'exclamer d'horreur devant les bêtises d'une fille, alors que je m'en fichais bien. Ne pas être différente. Pour les baiser toutes.

Un bel équilibre pendant quelques années. Double, jusqu'à la sixième avec pas mal d'aise... Les deux mondes côte à côte sans trop se gêner. L'école et la maison, mon père qui mange sa soupe la tête dans les épaules, en lapant, et la maîtresse, les maîtresses, fières et familières, la familiarité bidon tout de suite refermée, les filles de la classe aux robes en nids d'abeilles et les copines du quartier aux culottes trop lâches, effilochées sous des jupes pendouillantes.

D'une classe à l'autre, à l'école libre, c'était toujours les mêmes filles. Elles ont admis mes bonnes notes et ma place de première. C'était ma liberté, ma chaleur, ma carapace. Redevenue la petite reine. La maîtresse me pardonne tout, les retards en classe, les bavardages, les fautes d'éducation, à cause des dix sur dix, des leçons toujours sues. Bouche cousue, elle aussi, baisée. Je ne me donne même pas la peine d'écouter les explications, sûre de retrouver le fil. Les autres filles s'agitent, gribouillent, empruntent des gommes, des taille-crayons, pendant ce temps-là, je me livre à mon jeu favori. En imagination, je les transforme, les filles, je les manipule, changeant une coiffure ici, une robe là, je fais de Jeanne un garçon, de Roseline, de plus en plus bête la pauvre, un autre garçon, très blond. Je rêve, si l'école était mixte... Nos pupitres s'agrandissent, des tables, des lits à la place des bancs. Les repas nous sont servis en classe. Je ne rentre plus à la maison, nous grandissons ensemble sous l'œil enveloppant et dans la perfection absolue de la maîtresse, bercés d'analyse logique et d'arithmétique, endormis le soir sur nos coussins. Des têtes de petits garçons glissent dans la nuit, les mains tâtonnantes, en chemise de nuit... Si les filles savaient à quoi je rêve... Mais même la culpabilité moite et solitaire pèse moins lourd avec de bonnes notes. Moi seule je sais des choses que les copines du quartier m'ont dévoilées dans les cabinets de la cour, ou sur les murs, par des dessins. Pendant que les autres écoutent l'histoire de Maria Goretti avec horreur, je rêve au garçon sauvage et impur que cette idiote a même refusé d'embrasser. Dieu, de toute façon, ne peut pas m'aimer, les premiers seront les derniers. Fille de l'épicier Lesur, avec les bonshommes qui lâchent des gros mots à la pelle, vicieuse de la première confession et tête de la classe pardessus le marché, il n'y a rien à faire... J'en prenais assez mon parti, fière même, si je voulais, je pourrais faire un scandale, devant les nitouches, les gnangnans, en pleine classe déballer ce que je sais, chaque année plus mystérieux, plus attirant, dont elles ne soupçonnent même pas l'existence. A un moment du temps, m'attendent les flots de sang glissant chaudement le long des cuisses, les linges tachés, suspendus à la ficelle du grenier, les marques rouges et dures laissées sur les jupons. Vision douce, pour moi seule, jointe à d'autres, tièdes et mouillées, urines mêlées d'un garçon et d'une fille, picotis qu'une main douce rafraîchit... Je louche sur la blouse de ma voisine, gonflée de deux collines merveilleuses... La grande Eveline, qui un jour m'invite à vérifier certaines différences entre elle et moi, la petite. Sans un mot, je retire mes doigts englués, j'ai eu honte d'avoir mélangé les jeux sournois des dernières vacances, dans les caves de la rue Clopart, avec le monde limpide, bruissant et léger de l'école, monde pur, où je joue à être pure, monde pour s'envoler loin des caves, du soûlot qui dégobille sur le seuil, en marée rouge... Je commençais à le porter tout le temps dans ma tête, comme un modèle, ce monde... Jeanne d'Arc est venue la première, puis il y a eu les Gaulois, le roi David, Saint Louis... Et la classe glisse aussi, en géographie, comme une grosse roulotte à travers la ville, la campagne, là où la Loire prend sa source, où les Alpes se sont un jour soulevées, le sable du Sahara me remplit les yeux... Comment aurais-je pu faire pour ne pas retenir, jusqu'à l'intonation même, ces mots de la maîtresse qui ouvraient à deux battants sur l'inconnu, sur tout ce qui n'était pas la boutique couverte de pas boueux, les criailleries du souper, les humiliations... Je n'avais aucun effort à fournir. Des séries d'images, les mots s'enchâssent... Je ne pouvais rien oublier de ce qui existe ou a existé, là-bas, très loin, au-dessus de ma cour. Je me prenais d'amour pour les nuages, le soir, après avoir appris mes leçons, j'y voyais des bûchers, des villes de l'Inde, toutes roses, et des lions venaient boire tranquillement au bord de la mer.

Mais les plus belles découvertes, celles qui me suivent, qui m'arrachent à moi, dissolvent complètement mon entourage, c'est dans les livres de lecture, de vocabulaire et de grammaire que je les fais. Beaux enfants polis, toujours un frère et une sœur, vaste maison avec vestibule, salon, salle de bains, vie harmonieuse, toilette du soir, gong du dîner, père dans les affaires, mère jolie maîtresse de maison... Ils appellent leurs enfants « mes chéris » avec une infinie douceur et les enfants répondent « merci, Mammy » à une jolie vieille dame, leur grand-mère. Personne ne compte les sous le soir, les parents ne se disputent pas et il n'y a jamais quelqu'un de saoul. Ces livres ne parlent pas comme nous, ils ont leurs mots à eux, leurs tournures qui m'avertissent d'un monde différent du mien. La maman de Rémi « prend congé » de son amie. Ma mère n'entre pas dans cette image, pas plus que mon père ne peut deviser-converser-discourir dans un cercle de relations-collègues-intimes. Ces mots me fascinent, je veux les attraper, les mettre sur moi, dans mon écriture. Je me les appropriais et en même temps, c'était comme si je m'appropriais toutes les choses dont parlaient les livres. Mes rédactions inventaient une Denise Lesur qui voyageait dans toute la France — je n'avais pas été plus loin que Rouen et Le Havre —, qui portait des robes d'organdi, des gants de filoselle, des écharpes mousseuses, parce que j'avais lu tous ces mots. Ce n'était plus pour fermer la gueule des filles que je racontais ces histoires, c'était pour vivre dans un monde plus beau, plus pur, plus riche que le mien. Tout entier en mots. Je les aime les mots des livres, je les apprends tous. Ma mère m'offre le *Larousse* aux pages roses dans le milieu, elle confie fièrement à la maîtresse que je passe des heures le nez dedans. La grâce, toujours ! Langage bizarre, délicat, sans épaisseur, bien rangé et qui prononcé, sonne faux chez moi. Pas croyable, il faut essayer pour voir, Bornin, il a jamais dû, ça se sent. Flouée, flouée, que je suis, mais personne comprendrait chez moi ce que ça veut dire... C'est pour ça que je n'employais mes nouveaux mots que pour écrire, je leur restituais leur seule forme possible pour moi. Dans la bouche, je n'y arrivais pas. Expression orale maladroite en dépit de bons résultats, elles écrivaient, les maîtresses sur le carnet de notes... Je porte en moi deux langages, les petits points noirs des livres, les sauterelles folles et gracieuses, à côté des paroles grasses, grosses, bien appuyées, qui s'enfoncent dans le ventre, dans la tête, font pleurer dans le haut de l'escalier sur les cartons de biscuits, rigoler sous le comptoir... « Le père, excédé, morigéna son fils », dit la grammaire, c'est sans importance, mais « la sale carne a encore épignolé le fromage des clients ! » et la boutique s'assombrit, ma mère hurle... Les seules choses vraies sont là, celles qu'on sent partout, même entre les jambes. Les gâteaux roses qui m'ont fait dégobiller toute la nuit, ma mère me souffle dans le noir « envale la menthe, ça t'enlèvera le barbouillage ». Grincement clair du goupillon dans les bouteilles que mon père lave et son « fous le camp d'ici, la gosse ! » Toute chaude à l'endroit, « mets-y pas la main, ça l'esquinte »... Abat-voix, abaisse-langue, allégorique, ça, c'était toujours un jeu, et je récitais les pages roses, la langue d'un pays imaginaire... C'était tout artificiel, un système de mots de passe pour entrer dans un autre milieu. Ça ne tenait pas au corps, ça ne m'a jamais tenu sans doute, embroquée comme une traînée que dirait ma mère, les jambes écartées par le spéculum de la vioque, c'est comme ça que je dois dire les choses, pas avec les mots de Bornin, de Gide ou de Victor Hugo. Tout ce que j'ai pu avaler comme histoires, littérature, romans... Les mots de mes parents, là-bas tout au fond, ceux dont j'évite de me servir, ou que j'ai oubliés, même pas volontairement, enfouis sous des milliards d'autres, exercices de la grammaire jaune du cours moyen, *Lisette, Ames vaillantes,* toute la Bibliothèque verte, les Lectures expliquées, les petits classiques, le *Lagarde et Michard,* ça a rentré par tous les bouts. Je ne pourrais pas les retrouver, les premiers, les vrais. Ceux de l'école, des livres ne me servent à rien ici, volatilisés, de la poudre aux yeux, de la merde.

« La gosse, elle est toujours dans les livres, je vous mens pas ! » Mon père parle de moi aux clients. Plaisir de ne pas répondre, de traîner deux chaises du bistrot au-dehors, une pour les fesses, l'autre pour les pieds et la collation et de m'installer à mon aise pour être la vraie Denise Lesur, la nouvelle Denise Lesur, la petite amie de ces beaux enfants roses de la villa des Iris Bleus, du mas des Cigales, du Château des Corbeaux, mes feuilletons de *Lisette.* J'accompagne mes héros, je vis dans leur ombre. Le temps de lever la tête, d'étaler du doigt le beurre qui a jailli de ma tartine quand j'ai mordu dedans, et je m'invente une rencontre avec l'héroïne. Je ferme les yeux, je déguste ma tartine, mais elle s'est changée en poulet froid, celui de la villa des Iris Bleus, et j'ai soif des rafraîchissements de mon héroïne. Mais je préfère encore les héroïnes malheureuses, celles que je peux gaver de bonbons puisés dans l'épicerie et réchauffer dans mon lit. Je ne les lâche pas facilement, à la fin du livre et encore, certaines me suivent des mois partout. De préférence, j'abandonne le rôle muet d'accompagnatrice pour celui d'héroïne. Janou reporter a échoué dans un village des Alpes, elle déjeune frugalement chez des paysans, les villageois arrivent pour la veillée avec leurs lanternes et elle s'endort dans l'alcôve, au milieu des cris, ceux que j'entends le samedi soir de la paie quand les clients en laissent une pincée. Ou la pauvre Cosette se jette sur le délicieux pâté, chauffe ses pieds gelés à la cuisinière, ce sont des braves gens qui l'ont accueillie, les Lesur, qui la considèrent comme leur propre fille. Mais j'ai dix ans et de plus en plus *Confidences*, les *Veillées des chaumières* ajoutent des chapitres aux histoires commencées avec *La Semaine de Suzette.* Leurs lèvres se touchèrent, ils s'unirent en un baiser ardent. Mes héroïnes connaissent toutes le même sort, quand je les imagine, le soir, dans mon lit. Mais elles ne sont pas vicieuses, jamais, moi seule... Fuir dans ces belles histoires... Pour moi, l'auteur n'existait pas, il ne faisait que transcrire la vie de personnages réels. J'avais la tête remplie d'une foule de gens libres, riches et heureux ou bien d'une misère noire, superbe, pas de parents, des haillons, des croûtes de pain, pas de milieu. Le rêve, être une autre fille. Portée par le merveilleux langage de *Lisette* le jeudi, de *Suzette* le mardi, par les magazines féminins que ma mère conserve dans le placard de la cuisine, sous les casseroles, je m'éloignais... L'épicerie-café, mes parents n'étaient certainement pas vrais, j'allais un soir m'endormir et me réveiller au bord d'une route, j'entrerais dans un château, un gong sonnerait, et je dirais « bonjour, Papa ! » à un élégant monsieur servi par un maître d'hôtel stylé. Il n'était pas possible que ma vie, rue Clopart, ne soit pas l'envers d'une autre, une épreuve infligée par des puissances mystérieuses, pas par le Dieu de la messe, entouré de ses statues trop connues et qui ne parle que du péché, du ciel et de l'enfer. Les livres, eux, ne me reprochent rien, la vie claire et transparente de mes héroïnes ne me ramène pas à mes vols de nougat dans la boutique odorante, aux jupes soulevées devant la glace, aux moqueries lancées à quelque vieux soûlot. Ils dessinent au contraire les contours flous d'une Denise Lesur telle que je la voudrais, telle que je la vivais dans ma tête quand tout était calme. Je m'arrangeais même du bruit, les éclats du bistrot, le balancement catastrophique d'un bonhomme ratiboisé, où va-t-il tomber, celui-là, ne gênaient pas mes rêveries, seules les claques toujours brûlantes, inattendues, de ma mère, ses disputes avec mon père, le client menaçant levé brusquement et qui marche vers la cuisine, il va tout casser ! réduisaient ma double vie à des battements sourds, énormes, à rien. Tous les autres moments m'étaient bons pour promener mes existences légères, le matin, ce visage miré dans le bol de café, c'est l'Indienne d'Amérique, dans *Pédro, le petit émigrant,* à l'école, je suis Jane Eyre, haïe de Mr. Blackhurst l'aumônier, à midi, Olivier Twist devant son assiette de gruau, au dépôt de charité. Et toutes les Nadine, Viviane, Caroline qui vivent et disparaissent au fil des feuilletons, immense défilé de petites filles que je dépouille de leurs véritables aventures pour les faire entrer en moi, dans ma maison, et m'éloigner moi aussi. Peu à peu, les lectures sont inutiles, je m'invente toute seule un nom, une ville, une famille. Je suis à Paris, la rue Clopart, c'est le seizième. Chaque matin, en passant rue de la République, je me choisis une grosse maison de pierre taillée, ces villas à pelouse, à rideaux de dentelle. En revenant à onze heures et demie, les autos de tous les invités que mes parents reçoivent à déjeuner. J'ouvre la porte, les clientes se retournent, j'ai un sourire pour tous ces métayers, comme dans les romans de Delly. Ma mère, occupée à l'office, mon père au salon, il n'y a plus d'épicerie, plus de café. Dans ma chambre, j'attends le coup de gong. Marie-Antoinette Dulac, le seizième, les réceptions, le tennis, l'équitation... Ça recommence indéfiniment.

Des heures à me bâtir des histoires dingues, des prétentions ridicules, contes de schizophrènes... Je devais comparer déjà, je devais vouloir ignorer la blouse blanche de ma mère, tachée de rouille dans le bas, « c'est le vinaigre » qu'elle dit, grise au-dessus et au-dessous de la ceinture, le frottement des casiers, ou le claquement du couteau de mon père quand il a fini de collationner sur le bout de la table, les lapements de soupe, les soûlots dégueulasses du soir... Il n'y a peut-être jamais eu d'équilibre entre mes mondes. Il a bien fallu en choisir un, comme point de repère, on est obligé. Si j'avais choisi celui de mes parents, de la famille Lesur, encore pire, la moitié carburait au picrate, je n'aurais pas voulu réussir à l'école, ça ne m'aurait rien fait de vendre des patates derrière le comptoir, je n'aurais pas été à la fac. Il fallait bien haïr toute la boutique, le troquet, la clientèle de minables à l'ardoise. Je me cherche des excuses, on peut peut-être s'en sortir autrement. Se sortir de quoi... Je faisais ce drôle de rêve, en marchant de la maison à l'école. C'est la fin du monde, il n'y a plus personne, que moi, Monette aussi, quelques garçons du quartier, et toutes les maisons, les villas, les grands magasins du centre sont restés intacts... La java ! La gabegie ! Les bijoux, les gâteaux, les robes... Entrer dans toutes ces pièces imaginées, avoir tout à soi... Il n'y avait que la fin du monde pour permettre ça.

Quel rêve. J'avais sûrement déjà fait mes petites comparaisons, entre les gens bien et les autres, les miens.

Des choses qui ont accéléré la coupure entre mes deux mondes. Ma mère, elle a pas mal aidé, pour mon bien, comme elle dit toujours. Cet été magnifique, où je traîne le matin au lit, à lire et relire *Sans famille,* où je prépare la fête de l'après-midi en amassant des bouts de saucisson, de sucre, des biscuits, de la grenadine. Deux garçons du quartier, Monette et une autre fille viennent déguster le repas, font les malins sur le tréteau à linge, se font traîner dans les casiers vides. Je règne. Chewing-gums claqués, jeu des bonshommes saouls, batailles, c'est le festival. Mais la cour se rétrécit, le soleil tombe derrière le mur, nous avons envie d'autre chose. Nous descendons la rue Clopart. Cent mètres plus bas, on invente une lancée de confetti avec les minuscules pétales d'un massif de roses pompons, des fleurs riquiqui. Les gars secouent les rosiers à pleines mains. Une vieille sort doucement, elle nous regarde, elle ne sait pas quoi dire. Elle répète « là, là... » C'est la rigolade, elle est marteau, la vieille ! J'ai chaud d'avoir arraché des fleurs, mes doigts piquent et saignent, ma robe n'a plus de couleur. Ça sent la poussière des soirs de jeu et de peignées. « Quelle conne ! » C'est parti tout seul, les gars crachent leurs gros mots, vieille gaga, nouille, enculée, et elle, elle s'en va à reculons, ferme sa porte au verrou. On la voit réapparaître au carreau. Tout à coup, sous ses yeux de poule, elle tire son énorme langue, violette... On la laisse tranquille, on rentre triomphalement, des roses partout, dans le cou, dans la robe, jusqu'à la ceinture. Michel a de grandes traînées grises sur ses jambes, depuis le bas de son short, en rigoles sur ses chaussures avachies. Sa chemise pendouille. Pousser les filles, les pincer, leur tirer la tignasse. « Arrête ! » Monette murmure « chiche qu'on le déculotte ! » Michel n'a rien dit mais il nous suit dans la cuisine de Monette. Ses jambes sont devenues noires dans la pièce mal éclairée, la mère a mis les volets. On le tire par la ceinture, par les bras, il se laisse tomber sur le dos, à côté du petit seau de cuivre où goutte le robinet d'eau chaude de la cuisinière. Chacune d'un côté, avec les coudes dans le ventre, le short descend en zigzag... Ventre à l'air. Il reste sans bouger. Espèce de méduse affaissée, qui manque d'eau, livre de sciences nat. à toucher, grosse poignée de chair molle... Nos mains jointes par-dessus « attention, ça brûle ! », retirées, glissées par-dessous, pour soupeser, baigneur à tourner dans tous les sens... La méduse aspire l'air, grandit, gonfle, durcit, s'étire sur la peau blanche. Essoufflé, la bouche ouverte... « Laquelle je baise ? » Epées croisées dans tous les sens, sainte Maria Goretti ! « La mater ! » Michel se reculotte à toute vitesse, la mère de Monette n'a pas le temps de voir, mais Monette reçoit tout de même sa tarte à cause du seau d'eau chaude renversé. Michel sifflote *Ma p'tite folie*. Je rentre seule, les mains lourdes, nageant dans des épaisseurs de peau molles et dures, des gestes qui grandissent, qui se recommencent, s'emmêlent de doigts, des images trop pleines. Ma mère m'attendait à la porte de la boutique. Des coups de poing, des claques sur la tête, un cirque. « Vieille carne! Saleté! Coche! Je vais t'apprendre, moi! » Comment avait-elle pu voir ce qu'on avait fait à Michel? J'ai appris cinq minutes après que la dingue des roses pompons était venue se plaindre à l'épicerie, qu'elle avait tout raconté, elle était venue chez Mme Lesur parce que Denise, qu'allait à l'école libre, elle aurait dû être mieux élevée... Ma mère s'étouffait. Piquée, vexée, verte de fureur. « Fini de galvauder avec tout le quartier! Pour la première de la classe, c'est du beau! L'école libre, par-dessus le marché! » Comme si elle se rendait compte d'un seul coup qu'il fallait choisir. « T'as bien des petites camarades, à ton école? Invite-les! »

Au fond, c'est la faute de ma mère, c'est elle qui a fait la coupure. Elle avait peur que je ne travaille plus bien en classe, que je sois comme Monette, j'en-foutiste, heureuse... Elle croyait qu'en me gardant à la maison je deviendrais « quelqu'un ». C'est elle qui a tout fait... Sa faute. De toute façon, ça n'aurait pas pu durer, Monette, les autres filles allaient à la communale, elle a juste éclairci les choses... L'année d'après, c'était la communion, à la retraite, je n'ai pas regardé Monette. J'étais au premier rang dans l'église, parce que j'avais été la première aux examens de catéchisme. Je ne me suis pas retournée une seule fois, je ne voulais pas que les filles de la classe sachent que je la connaissais, elles auraient été tout de suite fixées. Elle avait son manteau de lapin trop court en plein mois de mai, son indéfrisable en mouton. Qui se ressemble s'assemble, disait la maîtresse tous les jours. Les pieds sur le prie-Dieu, face à l'archiprêtre gazouillant qui me demandait toujours de répondre à ses questions, je savais bien que je ne voulais pas lui ressembler à Monette, que je ne la trouvais pas comme il faut, empruntée, sans importance. Je ne voulais plus jouer pour un empire avec les filles du quartier Clopart. Mais je n'avais pas invité les filles de l'école chez moi. C'était pas possible. Il y avait encore par-ci par-là des réflexions, quand elles étaient passées par hasard devant la boutique « hier, on a vu où tu habites ! » ou « qu'est-ce que tu dois manger comme bonbons ! », perfides. Le pire, certaines étaient venues en acheter, elles avaient regardé si j'étais là. Ma mère frétillait : « Ninise ! Des petites camarades ! » Je me cachais toujours dans le haut de l'escalier, pour qu'on croie que je n'étais pas là. Reluquant tout, racontant tout aux autres, c'est pas bien chez Ninise Lesur, des hommes qui boivent, un vieux magasin pas moderne, pas comme la Coop où c'est nickel. Les inviter, j'aurais préféré tomber malade. Ma mère ne se rendait pas compte, elle croyait que j'étais pareille aux autres, puisqu'on était ensemble à l'école. Elle disait tout le temps « tu les vaux bien » quand je paraissais timide. Elle aurait pas dû le dire, je voyais bien que ça signifiait le contraire. Maintenant, il n'y avait plus que les livres et l'école, le reste, je commençais à ne plus le voir.

Monette est très loin derrière moi. Au bout du premier rang, la directrice, petite et rougeaude, le claquoir aux mains, me fait des sourires d'encouragement. « Quand on ne va pas à la messe pour partir en promenade, c'est péché mortel. » Regard à la directrice : elle hoche la tête de plaisir, je l'ai bien gagné mon premier prix de catéchisme. J'espère que Monette a écouté, qu'elle a vu comme je sais tout. Incollable ! Les histoires de chasuble rose ou verte, la pastille de menthe sucée avant la communion, volontairement, péché mortel, involontairement, péché véniel, les langues de feu, intelligence, science, conseil, j'ai tout enregistré, je me débrouille, tout tourne autour de péché-pas-péché, oui-non. Du travail fin et délicat. Tout se fend autour de moi en deux colonnes, le mal et le bien du catéchisme, de l'archiprêtre. Moi seule je reste avec mon vieux péché inclassable, ni mortel ni véniel, innommable, mélange de sale vicieuse, touche pas ça, bonbons volés, cassoulet gratté dans les gamelles des ouvriers du chantier, rêveries mollasses pendant l'école et surtout, mes parents, mon milieu de boutiquiers cracras.

Il y a eu le grand jour. Je ne fais pas une bonne communion, moi la seule, je sais tout le catéchisme, l'archiprêtre a jubilé tout le temps, mais c'est de la frime. La tête dans les mains, j'essaie de devenir une sainte. Monette se marre sans doute dans les derniers bancs. Les mains...

c'était plein de jus, j'avais cru que c'était de la pisse, c'est à l'odeur que j'ai senti la différence. Rien à faire, moins je veux y penser et plus j'y pense. O saint autel qu'environnent les anges... Et je croyais que ma robe était très belle, ma mère disait qu'elle l'avait payée cher. A côté de celle des autres filles, elle faisait plutôt simplette. Le bonnet aplatissait ma permanente. C'était pas ça. La directrice a chouchouté deux filles en leur disant qu'elles étaient mignonnes. Elles étaient arrivées en auto avec leur famille. J'ai eu peur que la directrice repère ma famille à moi. Elle n'était pas brillante. Mes oncles et mes tantes étaient en retard, il leur fallait du temps pour se mettre beaux, ils n'avaient pas l'habitude. A la sortie, on photographiait des filles à côté de moi et je me poussais pour qu'on les voie bien. Moi, on m'a emmenée, les femmes, chez le photographe, les hommes ont été boire l'apéro au café du *Lion d'or.* On est redescendu à pied rue Clopart, la table était mise dans le café. Il y avait du saumon, des poulets, de la pièce montée. Entre les plats, je jouais dans la cour avec mes cousins. J'ai été regarder si ça ne venait pas, les belles taches rouges sur le jupon blanc. Ç'aurait été magnifique... Ça a fait une déception de plus. J'avais imaginé cette fête d'après les descriptions de l'*Echo de la mode,* les matinées enfantines de *La Semaine de Suzette.* Comme on avait commandé une femme pour faire la cuisine, écrit des menus, mis des corbeilles de fleurs, j'avais pensé que ça ressemblerait aux réceptions des gens bien. La journée était à moitié et je voyais que ça ne tournait pas comme prévu. Le repas avait été trop long. Ma mère gueulait, plus fort que tout le monde. Sa jupe s'était coincée entre ses fesses, elle ne s'en apercevait pas. Mes cousines ressemblaient à Monette, elles racontaient des cochonneries, des choses mal polies, elles ont vidé un bocal de gommes, il fallait bien qu'elles profitent de leur sortie, on s'est battues avec la cuiller de moutarde, j'avais une grosse tache jaune sur la manche. Aux vêpres, on a chanté un air très haut, je cachais ma manche, que la directrice ne la voie pas. J'espérais que mes oncles ne viendraient pas, ils avaient pas mal picolé, ça se verrait. Je m'arrête de chanter, je suis comme lâchée au fond d'une mare jaune, les lumières, les cierges, le cantique monte en vagues pures, il n'y a que moi sur le carreau, fini le triomphe, Denise Lesur, la première du catéchisme, la supériorité, l'espérance jour de communion idéal, bouquets, cadeaux, ma robe fait camelote, elle est salie. Ils ont bouffé, gueulé le Credo du Paysan, ce soir, ce sera encore pire. C'est tout de même à cause de moi qu'ils font la fête, ils pourraient faire attention, se tenir comme des gens bien, pour moi, faire semblant d'être de gros commerçants, des cultivateurs qui en ont, au lieu de se tenir, éparpillés, les bras ballants, comme ceux qui ne vont jamais nulle part. C'est à cause d'eux que je n'ai rien senti quand l'hostie s'est collée à mon palais, je l'ai décollée par petits bouts, le péché mortel. Mon Dieu, mon Dieu, ce n'est pas ma faute, faites que ça change, que mes parents ressemblent aux autres... Pourquoi justement moi, pas Jeanne ou Roseline. La mère de Jeanne quête, toute jeune et belle. Monette, elle, elle s'en fiche, je suis sûre, elle les traite de crâneuses. Je ne suis pas comme elle, d'abord, j'ai de bonnes notes, je dois entrer en sixième à la rentrée prochaine, toujours à l'école libre. Elle, elle va au certificat et après, elle s'embauchera à l'usine textile. J'en pleurerais de rage. Encore un coup de Dieu, c'est lui qui veut tout ça... C'était bien la peine de se monter la tête au sujet de cette première communion, dix fois pire que les autres jours : ma famille exposée aux regards acérés de la directrice, de la maîtresse. Encore heureux, ils ne s'approchent pas trop, ils doivent se douter qu'ils ne sont pas dans leur élément. Toute la vulgarité qui ressort, s'étale les jours de fête... Et même pas mes règles, ce rêve, cet éclatement rouge tant désiré, pour me consoler. Je préférerais être la dernière du catéchisme et me trouver maintenant dans les habits, dans la famille de Jeanne...

Bien noirci, le tableau. A côté, on dirait que la sonde a été une partie de plaisir... A dix ans, les choses sont énormes, on patauge, on ne voit rien, le manque d'expérience. Je m'en étais quand même mis plein la lampe le soir, et j'avais écouté toutes les histoires salées, le souffle retenu, mine de rien, le péché une blague, et j'avais joué encore avec mes cousines dans l'épicerie aux volets fermés. Ma grande cousine m'avait montré ce qu'elle avait dans le corsage. C'était peut-être plus important, plus réel. Rien n'est aussi net que je le crois. Je ne peux plus les encaisser depuis belle lurette. Enceinte, avec les sacrifices qu'on a faits, tout fait, tout, pour que t'ailles toujours plus loin! Voilà comment tu nous remercies! Ça se passerait dans l'apoplexie, le lâcher de grosses raisons habituel, la carne, la salope, elle nous a jamais écoutés, ça fait la fière, roulure! Il vaut mieux qu'ils ne sachent pas. J'ai payé la faiseuse d'anges avec leurs sous, ça m'embête, j'aurais préféré que ce soit la bourse du trimestre. C'était pas assez gras. Toujours pareil, je n'ai jamais voulu les envoyer promener, faire ce que j'avais envie de faire. Ils ne voulaient pas m'envoyer en colonie de vacances, ou bien c'est moi, je ne sais plus. Je ne voulais peut-être pas leur faire trop de peine. Je ne les détestais peut-être pas autant, je m'éloignais, je ne les voyais plus mais je ne pouvais pas me séparer d'eux. Au moment de la communion solennelle, de l'entrée en sixième, ça s'est mis à grandir ce sentiment bizarre, n'être bien nulle part, sauf devant un devoir, une composition, un livre dans un coin de la cour, sous les couvertures le jeudi et le dimanche, cachée dans le haut de l'escalier. Je ne méprisais personne, je n'étais pas difficile, elle l'a reconnu la mère, « elle apprend tout ce qu'elle veut, on ne peut pas dire qu'on a du mal avec elle... » Je commençais à ne rien voir. A ignorer. La boutique, le café, les clients, et même mes parents. Je ne suis pas là, je suis dans mes devoirs, comme ils disent, dans mes livres, « t'as pas mal à la tête, à la fin ? » Je parle de moins en moins, ça m'agace. Aussitôt ils s'arrêtent de faire ce qu'ils faisaient, ils me regardent avec contentement, l'admiration même, ils posent des questions, j'ai beau leur expliquer, c'est tout à côté. « Et qu'est-ce qu'elle a dit ton professeur ? — Qu'est-ce que tu veux qu'elle dise ? — Bon, faut l'écouter, ton professeur ! T'entends ? » Je raconte quelque chose de drôle, ça ne les amuse jamais. Le reste, pas la peine d'essayer, depuis la sixième, je fais de l'anglais, du latin, après de l'algèbre, de la chimie. Ils sont contents, mais ils ne veulent pas que je leur explique. « C'est bien, ça, tâche d'apprendre comme il faut, c'est tout ce qu'on te demande. Tu nous remercieras plus tard. » Ils épiloguent sur mon bonheur, leur gentillesse. « A ton âge, je me levais à cinq heures pour travailler à la corderie ! Toi, on veut même pas que tu serves un verre de vin ! » Un petit bonjour aux clients quand je traverse la boutique ou le café. Je m'éloigne de plus en plus... Absente.

C'est à l'école que je me réveillais. Elles ne m'humiliaient plus, les filles. Denise Lesur, depuis trop longtemps première sur vingt-quatre élèves. Je partais à une heure, quand mes parents començaient à écouter Jean Grandmougin, à Luxembourg, comme ça, pour être au courant de quelques bribes. Je filais à l'école bavarder avec les demi-pensionnaires avant la cloche d'une heure et demie. Le soir, je me promenais en ville, devant les beaux magasins nouvellement construits. Quand je rentrais rue Clopart, en courant, je ne regardais jamais la bâtisse jaunâtre, café-épicerie Lesur, qu'on voit depuis le tournant. Je m'engouffrais dans la boutique, je la traversais devant les clientes qui me dévisageaient. J'allais manger mes tartines sur un coin de la table de la cuisine, en poussant la couverture à repasser, les journaux ou la boîte à coudre. Quelques bonshommes, toujours les mêmes, le tubard Forchy, le « longue maladie », la cirrhose, le père Bouhours, me reluquent à travers la porte ouverte. Ce sont les premiers à qui je cesse de dire bonjour, leurs yeux vides, leurs mégots... Des heures sur mes cahiers, mes livres. Jusqu'au souper. Etre sûre de tout savoir, plaisir de flâner sur les mots, de les ruminer la tête levée, de replonger à la recherche d'un mot perdu, de feuilleter la leçon suivante, pays étrange où il ne faut pas s'aventurer toute seule, sans le professeur qui la fera vivre au moment voulu. Un vertige de penser à tout ce qu'il faudra apprendre d'ici la distribution des prix... d'ici le brevet... d'ici le bachot, peut-être... Rêver à la Denise que je serai quand j'aurai maîtrisé les équations à trois inconnues, le *Carpentier-Fialip* de troisième, me voir dans l'avenir, le cartable croulant de livres, sous le bras à deux mains, comme les filles de première... Je savais bien que ça me ferait changer, forcément. Mes soirées sont douces, avec, chaud et lointain, très lointain, le brouhaha du café, le roulement des dominos, la musique des verres lavés dans la bassine, le dring-dring riquiqui de la sonnette. La radio aussi, la famille Duraton, le crochet Dop, la bise à Zappy, les chansonniers Cadum, repères des jours et des heures, confondus avec la géométrie du lundi, les sciences du mercredi. Le souper silencieux au début. Ma mère, fardée, coiffée à trois heures, paraît sale et décatie à neuf. Mon père se met à éplucher ses petits comptes en mangeant « Marton a pris trois verres. Duport a payé. Bouhours a pas touché, il paiera samedi. » Leurs parlotes, leurs calculs ne m'intéressent pas, j'ai la tête bruissante de mots, dominus, le maître, the cat is on the table, à côté les dettes des clients, les livraisons d'huile en retard font figure de choses sans importance. J'entends par habitude. La jument noire ! Déjà sous les draps, le nez collé à mon livre, *Esclave ou Reine*, *Brigitte jeune fille*, le feuilleton de *Confidences*... C'était ça ma culture, en dehors de l'école, ma mère qui m'achetait les livres sur les conseils du marchand de journaux-tabac... Mon père monte l'escalier, avec la boîte à sous, la caisse, sous le bras. On dirait qu'il va passer à travers. Tout claque, cogne, pète sous ses pieds et ses mains, les marches, la porte, le bouton électrique, le lit. « Bonsoir la fille ! » ou « Bonsoir mon lapin ! », à travers la cloison qui a enfin coupé la chambre en deux, je sais bien pourquoi, mais je les entends tout de même faire ça et je fourre ma tête sous les couvertures.

Je m'endors, au-dessus de la boutique du café, comme si c'était un hôtel. Ils ne se rendent pas compte que je ne leur parle presque pas, mes parents, que je les ignore... Ils sont gentils « t'as assez mangé ? Qu'est-ce qui te ferait plaisir ? Un nouveau livre ? » Elle croyait que tout était bon, du moment que c'était de la lecture. Moi aussi, je suis gentille, pas de caprices, de sottises, sérieuse... On me voit de moins en moins. Toujours à lire, à ne rien faire, dans la chambre, ou dans la cuisine, jamais dans la boutique ou dans le café. Ma mère m'excuse : « La petite, elle a beaucoup de devoirs, elle peut pas servir. » Des bonshommes, quelquefois, qui ne savent pas : « Tu me sers un rouge, la fille. » Je cavale, je me trouble : « Mon père arrive ! » Il n'en revient pas : « Et toi, alors, qu'est-ce que tu fabriques ? » Mon père répond à ma place : « On est là, nous, elle a pas besoin de servir, elle va à l'école... » Ils sont de plus en plus estomaqués : « Quel âge qu'elle a donc ? » Ils font des suppositions : « Elle veut être secrétaire ? » Ils disent seu-creu-taire, mon père leur explique que non, il leur faut dix minutes pour comprendre. J'écoute mon père pour voir comment il se dépatouille. « Elle aime bien apprendre, on va pas l'empêcher, hein ? » Il ne faut surtout pas avoir l'air de me pousser, on croirait qu'ils ont les moyens... « Quand ça plaît... » Je me tais, à eux, évidemment, ça ne leur a pas plu les études. Je ne suis pas comme eux, je ne leur ressemble pas. Je n'ai rien à leur dire.

Je n'ose plus le penser. Les humanités, ça donne le respect. C'est pareil pourtant. Une salope, que je suis. « Tu honoreras ton père et ta mère. » Ça foutait le camp. Le pire, c'est pas parce qu'ils étaient méchants, ou durs. Je n'en parlais à personne, mais à l'école, en me promenant devant les magasins du centre, en lisant, j'avais appris à comparer. Il y avait les gens bien et les autres. A partir de douze ans, j'ai fait mon petit barème, un système à mesurer. Les personnes bien ont une voiture, des porte-documents, un imper, les mains propres. Ils ont la parole facile, n'importe où, n'importe comment. Au guichet de la poste, haut : « C'est incroyable ! Nous faire attendre ainsi ! » Mon père, lui, ne proteste jamais. On peut le faire attendre des heures. La réplique, continuellement, les gens bien. On ne les voit jamais au café de mon père. Les femmes bien, je les regarde encore plus, elles sont toutes particulières, la coupe de cheveux, le tailleur, des bijoux, discrètes, pas un mot plus haut que l'autre. Elles ne bavachent pas dans la rue, elles font leurs courses dans le centre, avec de grands paniers au bout du bras. La légèreté, voilà, et impeccables, propres. Les autres, ils ressemblent tous aux clients : des ouvriers en bleus, le béret ou la casquette, le biclou. Des vieux sans couleur, tous les machins délavés, informes. Même sur leur trente et un, les jours de communion, on les repère quand même, les ongles noirs, pas de manchettes à la chemise, surtout la manière de marcher, les bras ballants, mous, incertains. Ils ne savent pas causer correctement. Ils gueulent. Les femmes qui viennent aux commissions, avec leurs chaussons, leur cabas de toile cirée, se ressemblent toutes, trop grosses ou trop maigres, toujours déformées, la poitrine fondue, absente ou lourdement coulée à la ceinture, les fesses encerclées par la gaine, les bras mal tournés, brillantine Roja-Flore sur une permanente qui finit toujours en mèches pendouillantes. Je n'ai jamais pensé que les différences puissent venir de l'argent, je croyais que c'était inné, la propreté ou la crasse, le goût des belles affaires ou le laisser-aller. Les soûlographies, les boîtes de corned-beef, le papier journal accroché au clou près de la tinette, je croyais qu'ils avaient choisi, qu'ils étaient heureux. Il faut des tas de réflexions, des lectures, des cours, pour ne pas penser comme ça, surtout quand on est gamine, que tout est installé.

Mes parents, je ne voulais pas les placer quelque part. Prête à le jurer. Ma mère, elle se fardait, parlait fort dans la boutique, elle donnait des conseils, on vient la chercher quand un vieux clamse, elle remplit des mandats pour les paumés, qui savent pas remplir. Pas une minable au premier abord. Elle mâche pas ses mots, en apparence : « Les gens de la haute, parlons-en ! Ça cache la pouque quand elle sent le hareng ! » Elle crache sur les femmes qui se croient, avec leur bouche en cul de poule. « Elles ramasseraient pas leur père dans la rue ! » Mon père aussi se détachait des clients, il ne buvait pas, il ne partait pas le matin la musette au dos, on l'appelait patron et il réclamait les dettes avec autorité. « On n'est pas des ouvriers, nous, on a réussi, on s'est acheté un débit, rien on avait, on est partis de rien ! » Je les croyais à part. C'est venu, la découverte. Ils bafouillent tous les deux, devant les types importants, le notaire, l'oculiste, lamentable. Si on leur parle de haut, c'est la fin, ils ne disent plus rien. Ils ne connaissent pas les usages, les politesses, ils ne savent pas quand il faut s'asseoir. Quand je rencontre des professeurs avec eux, ils ne savent pas ce qu'il faut leur dire. Mon père se couche avec sa chemise de la journée, il se rase trois fois par semaine seulement, ses ongles sont toujours noirs. Ma mère laisse de la poudre plein son col, se tortille en descendant sa gaine, s'essuie l'entre-jambes derrière la porte du placard... Avec le docteur, le curé qui cherche un malade dans le quartier, l'extrême-onction, ou le contrôleur de la Sécurité sociale, qui vérifie les longues maladies, elle se fait toute gentille, la voix traînante, elle donnerait sa chemise. Elle chuchote : « Des malheureux, si vous saviez, des manants, mais honnêtes, quelques petits comptes en rade, mais c'est rare... » Elle indique tout, elle se trémousse. Trop aimable aussi avec les clientes rupines qui viennent quand il leur manque du sucre : « Et avec ça, madame ? » Aplatie, guettant les mots que la mémère laisse tomber. « Des raisons de Malaga, si vous avez. » L'œil vague de ces bonnes femmes, pas habituées au foutoir de la boutique, méfiantes, et ma mère qui court dans tous les sens, qui retourne l'épicerie pour trois raisins. Triste : « J'en ai plus... » Y a jamais rien chez nous de ce que veulent les gens chics. C'est pas une épicerie fine, juste une boutiquette de quartier.

L'évidence, plus moyen de me dorer la pilule. Ils étaient supérieurs à leur clientèle, mes parents. « Ils ont besoin de nous, qui c'est qui leur ferait crédit, à ces manants ? » Mais ils étaient malgré tout des petits débitants, des cafetiers de quartier, des gagne-petit, des minables. Je ne veux pas le voir, je ne veux pas le penser. Ça suffit d'être une vicieuse, une cachottière, une fille poisseuse et lourde vis-à-vis des copines de classe, légères, libres, pures de leur existence... Fallait encore que je me mette à mépriser mes parents. Tous les péchés, tous les vices. Personne ne pense mal de son père ou de sa mère. Il n'y a que moi. Cette chanson qui pleurait à la radio, *J'ai pas tué, j'ai pas volé, mais j'ai pas cru ma mère...*, c'est pour moi. Je finirai mal. Et celle-là qu'on chante à la fin des repas de famille, que tout le monde écoute, la tête baissée sur sa serviette, la larme à l'œil, l'histoire d'un petit garçon qui apporte des roses blanches à sa mère, le dimanche. J'en pleurerais bien, moi aussi, pas pour les mêmes raisons, jamais je ne lui ressemblerai. Salope. Je rêve parfois d'être orpheline. Ou je prends des résolutions, je ne critiquerai plus rien, je ferai comme si la maison me plaisait. Mes profs de l'école ne plaisantent pas avec l'amour filial : « Ma petite Denise, qu'elles disent en me prenant par l'épaule, j'espère que vous remerciez bien vos parents ? Ils font des sacrifices pour vous ! Ils vous paient des études... » A les entendre, je devrais penser qu'à ça, les remercier. La fête des mères, on doit s'y mettre trois mois avant, celle qui fait le plus beau plateau de raphia, le plus beau coffret à bijoux éclate d'orgueil, on la félicite d'aimer si bien sa mère. C'est pas la peine que je me fatigue, la mienne foutra le machin dans un coin, on n'en parlera plus, pour elle, c'est pas sérieux, c'est des foutaises, des amusettes. Les profs, ils me disent de remercier, de faire ma chouchoute, ils ne tiendraient pas une journée chez moi, ils seraient dégoûtés, continuellement ils disent qu'ils ont horreur des gens vulgaires, ils font les dégoûtés si on éternue fort, si on se gratte, si on ne sait pas s'exprimer. Et ils voudraient que je sois gentille... Pour m'en sortir, il fallait fermer les yeux, faire comme si je mangeais, lisais, dormais dans un vague hôtel. Surtout ne pas voir ce qui était moche, cracra, dépenaillé.

Je ne parle jamais de mes parents, de ma maison. « Faites le récit d'un souvenir d'enfance, de votre plus beau jour de vacances, décrivez votre cuisine, un oncle original. » Mon enfance, c'était déjà sale, et tarte par-dessus le marché. Les voyages, zéro. Juste quarante kilomètres en car, au mois d'août, pour aller sur la Manche. On cherche des moules, ma mère et moi, elle va acheter des gâteaux qu'on mange sur le sable et je passe mon temps à envier les filles ruisselantes d'ambre solaire qui se baignent et jouent au ballon. On cherche un coin pour faire pipi dans les rochers, par la jambe. On rentre, fatigués, on en a pris pour un an. Pas racontable. Et l'oncle original, je sais bien ce que ça veut dire, drôle, mais pas dingue, convenable, spirituel, pas soiffard comme les miens, un oncle original ça se trouve seulement dans les milieux bien. Je comprenais les écrivains avec leurs descriptions de salons, de parcs, du père instituteur et de la vieille tante à thé et à madeleines. C'était joli, propre, comme il faut, comme j'en rêvais. Je ne pouvais pas écrire : ma maison, de piètre apparence, mon père, un homme simple, gentil, aux manières frustes, parler de ma famille comme parlent les romanciers des pauvres et des inférieurs. Il fallait bien inventer, à coups d'extraits de lectures, d'imagination, de catalogues... Essayer de trouver ce qui était de bon goût, poétique, harmonieux... Les champs de blé, la voile sur la Seine, la chaumine des Alpes, le piano rutilant et l'oncle dentiste.

Pourtant, rien ne m'a échappé. Je faisais seulement mine d'ignorer, de me calfeutrer dans ma chambre avec mes bouquins, de ne pas connaître les beuveries du bistrot. Ça rentrait quand même. Chialer, face à la glace, les poings serrés, marre, marre. J'ai treize, quinze ans. Ça se réveille à propos de rien, un type sorti du café en dégueulant, les hurlements de ma mère : « Espèce de zéro, t'es pas foutu de te montrer ! Avec toi, on pourrait fermer boutique ! » Le rang d'internes passé devant l'épicerie et qui a regardé curieusement la devanture. Demain, il y aura des allusions... Marre. Je déteste tout. Ligotée. Denise Lesur, la fille de l'épicière et du cafetier, coincée entre l'alignement de mangeaille d'un côté, de l'autre les chaises remplies de bonshommes qui s'affalent autour de la table, attendent d'avoir leur chouïa. Ils se sont encore saoulés chez Lesur ! Ces regards de dégoût, ces réflexions rue Clopart, ça laisse des traînées sur moi... Cette impureté auprès de laquelle les doigts hasardés dans des régions fondantes, doucement irritées, le soir, sous les couvertures, sont un jeu presque innocent. Pourquoi ont-ils choisi ce métier dégoûtant... Ils auraient pu vendre des meubles luisants, en vernis, en formica, quand je passe devant ces chambres ouvertes, somptueuses... Ou de la quincaillerie, clinquante, bizarre étalage d'acier brillant, plus que propre. Ou des livres, mais là, c'était le délire, mon père ne lit que *Paris-Normandie,* ma mère, les feuilletons. Ou encore ces beaux gâteaux soulevés délicatement au bout d'une pelle, dans une pâtisserie. A côté des kils de rouge ou des sacs de patates renversés en poudre jaune... Même, un de ces beaux cafés du centre, où s'arrêtent les cars de touristes, où les jeunes gens du collège, les secrétaires boivent un Vittel-délices ou un crème, des banquettes, des glaces, un percolateur. On entre là, pour discuter, pas pour boire, s'imbiber tous les quarts d'heure. Ou une de ces belles épiceries qui s'appelaient la Coop, le Familistère, bien rangées, avec des comptoirs blancs, des frigidaires pour le lait et les yaourts... J'aurais été fière de mes parents, l'égale de Jeanne et de sa devanture à lunettes, de Monique et ses mannequins élégants dans sa vitrine de nouveautés. Chez moi, on vend à boire et à manger, et tout un tas de foutaises, en vrac dans un coin. Du parfum bon marché sur des cartons, deux mouchoirs dans un sabot de Noël, de la mousse à raser, des cahiers de cinquante pages. On vend tout ce qu'il y a de plus ordinaire, du vin d'Algérie, le pâté en bloc d'un kilo, des biscuits au détail, une marque ou deux par produit, nos clients sont pas exigeants. Au café, c'est pas du whisky que mon père leur sert, un rouge, la rincette et le coup de pied au cul, un petit blanc. Ils ne pourraient pas se montrer dans les bars du centre, il faut qu'ils se sentent chez eux, ils ne viennent pas par hasard, ils s'amènent docilement, tous les jours, aux mêmes heures. C'est leur absence qui inquiète. Suspendus à la volonté de mon père : « Ça fait combien déjà ? — T'es à trois ! — Allez, remets ça ! » Mon père compte les verres, le soir il marque « à la fourchette », c'est bien normal, faut gratter, écouter leurs boniments, pas rien. Chez eux, ils se sentent, les bonshommes, pire, ils se relâchent, ils débagoulent ce qu'ils ont sur l'estomac, des trucs inracontables, à faire s'évanouir les profs. Je n'entendais pas et pourtant, je les ai dans la tête ces boniments. Pas besoin d'écouter, si je laissais faire, ça moussait de partout, va te faire enculer, t'aimes ça, une mémère avec son clébard, qu'elle se faisait la farce, les mômes, moi, je respecte, la petite Lesur, la petite Lesur, ta gueule... c'est peut-être bien une grande fille... Leurs bouches de limaces qui salivent, je sais bien ce qu'ils veulent dire, le nez sur la culotte trop blanche, bande de vicieux, même ça qu'ils gâchent, lorgneurs, si je passe en coup de vent, raide, sans regarder personne. Ça les picote. Ceux qui se taisent, de guingois, collés aux chaises, chair tapée où gargouille le vin, j'imagine quelques bouts de viande qui surnagent. Masse indifférenciée, noms inutiles, tous rythmés par l'envie de pisser, d'aller aux cabinets de la cour, ça sent la « fout » d'ivrogne, doigts tremblants, lents à se déboutonner, une partie de plaisir pour eux, seul intérêt, fixer la courbe de liquide en espérant qu'elle ne s'arrêtera pas, hébétés, rengainant la chose flasque, humide d'alcool, déréglée, usée, pas plus dangereuse que celle d'un mouton. Ne pas les croiser dans la cour après, leurs petits yeux complices, je ne veux pas savoir ce que ça veut dire, je ne sais pas comment sont faits les bonshommes comme eux. Pourquoi mes parents m'obligent-ils à les voir, et ces gestes toujours dégoûtants, se reboutonner, se gratter, se fourrer les doigts dans le nez, la bouche, odeur de canadiennes mouillées, saleté réchauffée. Une fois sur deux, il y en a un qui se lève, tournoie, et rebondit sur le papier peint. Il rit, il pleure, il dégobille. Mon père le fait se dessaouler dans la cave pendant des heures. Il dort à dix mètres de moi. Je me colle la figure sur la glace de l'armoire, à devenir blanche et verte. Je les hais. Ils devraient fermer leur commerce, faire n'importe quoi d'autre. Avoir une petite maison bien fermée, ne plus voir ces vieux débris. Je continue mes études, je vais à l'école libre, ils ne se rendent pas compte.

Côté épicerie, je déteste un peu moins. Le picrate à onze degrés, les pernods et les rincettes, ça voulait dire des jambes flageolantes, des dégueulis, de la pistrouille et des zézettes avachies. Ma mère, elle, elle vend des trucs moins dégueulasses, plus variés, plus solides, sucre en morceaux, sardines, beurre au détail, cent grammes de port-salut, une paire de chaussettes dix-huit pouces. Toujours par petites quantités, la bagnole qu'on bourre de victuailles, c'est pas pour nous. Les clientes, elles viennent avant le dîner et le souper, chercher ce qu'elles pourraient donner à manger. Elles rapportent des bouteilles, il y en a partout. Elles attendent tranquillement que ma mère les serve. Long, elle trouve jamais rien, ma mère, elle fourrage, elle grimpe l'escalier où sont les biscuits, au sec, avec les enveloppes. Pour trouver un paquet d'épingles neige, elle retourne le tiroir sur le comptoir, elle éparpille. Quelquefois une cliente en profite pour faucher un calendos. Tous les soirs, les clientes déposent leur broc à lait, plein de traces séchées, plâtreuses, elles lavent pas au fond, mes parents non plus, il y a toujours des traces d'œuf ou de sauce sur les assiettes, « ça te bouchera pas le trou du cul ! ». Elles savent pas quoi prendre : « Mettez ça, et ça » et puis, crac, elles demandent des maquereaux Douarnenez, des paniers Lustucru. « Ah ! J'en ai plus, on a pas été livré ! » J'en frémis d'humiliation, quand j'entends de la cuisine. Il n'y a jamais rien chez nous. Pas de rossignols, qu'elle dit ma mère, ça suffit déjà d'être obligés de se farcir les camemberts avancés, les suisses fleuris de jaune, les tomates moisies. Elle griffonne la note au dos d'un kilo de sucre ou de pâtes. « A qui le tour ? » A la fin du mois, ça se complique, toutes celles qui font marquer sur le cahier, elles viennent payer, après le passage du facteur, les allocations... Ma mère recompte trois fois les additions, page par page. Quand la note est grosse, elle donne un paquet de bonbons pour les poulots. Ils ont besoin de nous, ils geignent, ils quémandent. « Je vous réglerai à la fin du mois, puisque je vous le dis ! Y a eu la rougeole, vous savez bien ! » Ma mère, elle n'est pas dupe, elle se renseigne à droite, à gauche : « Ça va, ça va, et les robes que vous commandez à La Redoute, on trouve bien l'argent ! » C'est duraille de récupérer la monnaie, elle va le chercher, l'argent, chez la cliente et après, elles boivent le café ensemble comme deux copines. Ça n'empêche pas la cliente de filer dans les magasins du centre, les Coop, le Familistère, faire le plein du sac le lendemain et tant qu'il y a des sous. Je voyais bien, de vraies salopes, elles venaient chez nous parce qu'elles ne pouvaient pas faire autrement. A peine bonjour. Ma mère gueule : « Ça t'écorche de leur dire ? » Je ne pouvais pas lui expliquer, elles étaient là tout le temps, j'étais sûre qu'elles disaient « la Lesur », elles reluquaient par la vitre qui sépare la cuisine de la boutique, elles savaient ce qu'on mangeait, elles nous entendaient même pisser dans le seau au-dessus de leur tête. Elles venaient l'après-midi, quelquefois, raconter leurs trucs horribles. Des pertes de sang, des bouffées, avant d'être réglée je savais tout sur le retour d'âge. Elles « faisaient et défaisaient » les maisons, filles enceintes de leur père, mari buveur, bonnes femmes pas sérieuses. Elles dévident interminablement leurs histoires atroces, sans espoir. Des histoires qui me guettent, me montrent mon avenir possible : mariée à un voyou, grosse femme entourée de poulots à torcher... Si je les écoute, si je me laisse aller, si je me mets à aimer la maison de mes parents, comme autrefois, je vais devenir comme elles... Tous, ils me guettent, les bonshommes, les galopins du quartier : « bonjour Ninise », qu'ils hurlent. Ils m'épient, les clients, ils s'aplatissent en apparence devant mes parents : « Elle a de la tête, une bonne tête, c'est le principal ! » Mais ils s'inquiètent, si ça lui montait au ciboulot, ces livres, ils ont des exemples de filles, de garçons, qui n'ont pas pu continuer, ça les travaillait trop, les études. Ils trouvaient toujours des raisons pour qu'on sorte pas de la crasse, des litrons. Cette peur, ils me l'ont filée. Je suis née au milieu d'eux, c'est plus facile de redevenir comme eux... Non ! Je voulais plutôt être putain, j'avais lu ça dans *Ici Paris*, des récits de filles perdues. Au moins, elles en étaient sorties, de leur trou. Je partais, je m'évadais, je cherchais dans le *Larousse* les mots étranges, volupté, lupanar, rut, les définitions me plongeaient dans des rêveries chaudes, destin blanc et or, salles de bains orientales, je me coulais dans des cercles de bras et de jambes parfumés. La beauté, une sorte de bonheur fatal étaient de ce côté, pas dans la maigre sonnette, les pots de confiture gluants au milieu de leur auréole. Le bien, c'était confondu avec le propre, le joli, une facilité à être et à parler, bref avec le « beau » comme on dit en cours de français ; le mal, c'était le laid, le poisseux, le manque d'éducation. Mais je l'ai su avant qu'on le dise à l'école, ça me crevait les yeux, tous les bonshommes étaient de vieux dégoûtants, les clientes des simplettes, mais les femmes à la mode qui se débauchaient jour et nuit avec des hommes bien rasés, en robes de chambre à fleurs, avaient bien raison, ce ne pouvait être le mal dans ces conditions. Mollarder dans la cour, péter, mal laver les assiettes, dormir en chemise, manger la bouche ouverte, ça, c'était le vice. Impossible de recenser tout ce qu'il nous manquait pour être comme il faut, comme les filles de la classe. C'était pas des détails, des rideaux à changer, un escalier à cirer, des riens, des fautes de goût à rattraper, des babioles de travers, c'est tout qui aurait été à transformer, de haut en bas, du linoléum jaune canard de la chambre au comptoir saupoudré de sel, de vieux papiers, de crayons. Ils ne se rendaient pas compte, mes parents, et je ne comprenais pas : il suffisait de jeter un œil dans les villas de la rue de la République, ou dans la salle d'attente du docteur, sièges de cuir, petite table dorée ou encore dans les journaux, pour voir une façon jolie, propre d'arranger les choses. Quant aux magasins du centre, leurs vitrines brillantes laissaient voir des rayons, des présentoirs, des blouses lumineuses. Une année, ils ont fait repeindre le café, un drôle de vert, pâlichon, et un rouge du plus beau minium, ça ressemblait à rien. Ils ont accroché des tas de réclames sur les murs, midi sept heures l'heure du Berger, en rond, en ovale, en formes de cruches, de verres. Ma mère a une idée fixe, les rideaux, elle achetait du coton, après du « néon », elle a confondu longtemps nylon et néon. Une goutte d'eau dans la mer :

comment pouvait-on remarquer de beaux rideaux dans une façade écaillée, des portes basses et le mot café coupé en deux... Quand j'allais reporter un livre chez une fille, je cherchais dans sa maison le détail moche, l'assiette ébréchée, la cuisinière démaillée et j'étais contente d'en découvrir, ça les rapprochait de moi. Je ne me rendais pas compte, moi non plus, que le petit truc sale ou abîmé n'était rien dans un ensemble de choses cossues, ça évite même de faire nouveau riche. L'absence de salle à manger et d'entrée, c'est ce qui m'embêtait le plus, la cuisine coincée entre le café et l'épicerie, c'était tout pour recevoir les gens, autant dire rien. La table couverte d'une toile cirée que ma mère change tous les ans à Noël, au milieu de l'année, les dessins se voilent, les bords se fendillent comme un calendos desséché, trois chaises, l'évier rempli de vaisselle sale ou de la cuvette des débarbouillages... Le plus beau jour de ma vie, ç'aurait été un frigidaire, les petits glaçons dans les verres, les yaourts frais, pour inviter les copines. Je ne pouvais pas. Il y avait encore pire, l'absence de W.-C., le seau dans la chambre ou la tinette dans la cour, la merde à ciel ouvert, pas montrable, souvent bourrée jusqu'à la gueule. L'épicerie, le moisi dans les coins, le désordre... La blancheur d'un frigo, de jolis casiers, le propre, le médical presque, j'aurais aimé, pour faire oublier qu'on vendait du sel, du café. Ici, il fallait avoir le coup d'œil pour retrouver une bouteille d'alcool de menthe ou un sachet de sucre vanillé. Ma mère, elle empile tout en zigzag, de guingois, et les boîtes de conserve s'effondrent trois fois par jour. Elle fourre sous le comptoir tout ce qui ne sert pas, les vieux cartons, les rossignols, les paquets abîmés à rendre aux livreurs, mercerie d'hiver dans la naphtaline, fruits avariés qu'elle repousse du pied quand ça déborde dans l'allée. En sciences naturelles, j'apprenais les règles d'hygiène, la lutte contre les microbes, four Pasteur, verdunisation, et je vois les mouches tourbillonner sur le pâté, les fromages, ma mère ramasser les mégots avec ses doigts, les alcooliques tubards distiller leur pourriture dans la fumée qui serpente du café à la cuisine, flotte sur nos assiettes... Se laver, une obsession, la grande baignoire avec de la mousse partout. Le bonheur. Ma première douche, à la cité universitaire, à dix-huit ans. Même pas eu de plaisir, il y avait une odeur de jour de lessive, j'entendais la fille à côté se frotter. J'étais gênée.

J'ai toujours horreur d'aller les voir. Ça commence sitôt que je descends du train. Si je pouvais aller ailleurs. J'aperçois la façade jaune, à cent mètres, je baisse les yeux, pas moyen de regarder en face, un destin. Pendant des années, j'ai rêvé qu'ils déménageraient, qu'ils iraient travailler je ne sais où, à l'usine, j'aurais préféré. Tous les cartons entassés devant la porte, c'est à l'odeur que je reconnais ce qu'il y a eu dedans, huile, lessive, sucre, infaillible. Regards des clients en pleine figure. Ça fait dix ans qu'ils ne vendent plus de gros sel au détail, ça sent toujours. Elle m'embrasse d'un air gêné devant les clients, la fille étudiante, la merveille... Il est affalé sur son *Paris-Normandie* dans la cuisine, il n'est plus bon à rien. Il épluche les patates, fait la popote, tape le domino. Ils ne me disent pas vingt mots en une heure, ils sont contents, ça les embête que je ne vienne pas plus d'une fois par mois. Je fais mes provisions, du nescafé, des figues, des biscuits. Ils ne se doutent de rien. Gentils, tellement gentils...

Sale, crado, moche, dégueulbif... Je les attraperai tous les microbes. C'est leur faute si... tant pis pour ce que disent les profs sur les parents. J'étais un petit monstre, une sale gamine, perdue tout au fond... Je les haïssais tous les deux, j'aurais voulu qu'ils soient autrement, convenables, sortables dans le véritable monde. « Tout m'en choque », une phrase du *Lagarde et Michard,* peut-être. Des mots qui me couraient après, pour juger, pour comparer. La salle à manger de la pension Vauquer, au moins c'était une salle à manger, chez nous, il n'y en a même pas. « A quoi que ça nous servirait ? Faut de la place pour les clients ! » Ils nous montent dessus, ils nous envahissent, dix fois plus affreux que dans Balzac, pire que Maupassant. Quand il n'y a plus assez de chaises on prend celles de la cuisine, même plus de quoi s'asseoir... Ce sont mes parents qui se laissent faire, ils les aiment, moi je ne les intéresse pas, pourvu que « j'apprenne »... Les chaises reviennent, pleines de grains de tabac, chaudes de leurs culs macérés dans le vin et le pousse-café. « Ils n'ont pas la gale, non ! T'as qu'à voir ailleurs si c'est mieux ! » Fallait pas que je l'ouvre trop, pourtant j'avais envie, vers quinze ans, de leur dire une bonne fois qu'ils ont tort, que le vrai monde est poli, bien habillé, propre. Je ne peux pas continuer de haïr toute seule. Qu'ils voient comme moi que leurs clients, leur maison, ça n'entre dans rien, c'est moche, humiliant, humiliant... S'ils changeaient, on partirait tous les trois, dans le centre, dans un appartement avec ascenseur. C'est pas possible, ils ne savent rien faire d'autre que vendre, à la petite semaine, à crédit. « Fous-nous la paix ! Occupe-toi de tes études ! » et « Plus tard, tu feras ce que tu voudras, étudie pour avoir une belle profession ! » Comment imaginer que je passerai de l'épicerie Lesur à de beaux fauteuils en cuir, comme chez le dentiste, de la vitrine tapissée de boîtes de conserve en quinconce à des grilles bien distantes en fer forgé... De toute façon, je les aurai toujours, mes parents, leurs criailleries, leurs goûts, leur manière de parler... Ça m'empêchera de sortir de là, de m'élever. Je ne suis pas comme les autres, elles parlent de leur famille, de leur parrain, elles sont heureuses. Et moi, quand on me parle de ma famille, je fais comme si j'en avais une vraie, « votre papa, votre maman », le prof dit « demandez à votre famille », nous inviterons les familles, le cercle de famille applaudit à grands cris... Ma famille à moi c'est pas une vraie famille, je sais ce que c'est, une vraie, un papy, une mammie, aux cheveux blancs bien coiffés, elle fait des confitures et lui promène les enfants au square. Mon grand-père est mort à l'hospice, ma grand-mère était laveuse-raccommodeuse, elle bouge plus de sa chambre, chez une tante, elle parle patois, elle sait pas faire autre chose que des nouilles et des œufs. Les oncles et les tantes, ils ne viennent nous voir qu'aux fêtes, s'en foutre plein la gueule, s'ils pouvaient, ils videraient la boutique. « Vous êtes dedans, vous, y a ce qui faut. » Tous ouvriers, pas qualifiés, manœuvres. « Alors Ninise ? faudra bientôt te surveiller dis donc, tu te remplis bien ! » Mon père les remet au pas : « Pas question ! Elle continue ses études ! » A part. Ils ne savent plus quoi me dire. On reste à table jusqu'à la nuit. Mon père sert les clients entre deux. Ma mère se renverse de la sauce de lapin sur le corsage, ça fait toujours rire, sauf moi. Le verre à la main, elle rigole, elle chante *Le Grand Frisé* les yeux fermés. Elle va sûrement dégueuler ce soir. Un père et une mère souriants, polis. Elle ferait des gâteaux pour quatre heures, il rentrerait le soir de son travail. La famille Duraton. On partirait en pique-nique le dimanche, avec une Dauphine. On pêcherait, on cueillerait des champignons. Modèle *Brigitte jeune fille*. Ils ne ressemblent à rien. Leurs criailleries continuelles. Qu'est-ce que tu fous ? Un zéro que t'es ! Il se tait. Espèce de carne, gueularde ! Il y va à son tour. C'est lui qui fait la bouffe. Elle s'occupe des factures, reçoit les livreurs, met dehors les représentants. Pourquoi ne sont-ils pas comme tout le monde ? J'en pleurais. Me fais pas chier, non mais, c'est moi qui fais tout ici, quand je serai crevée... Je ne veux pas entendre leurs cris. $Ax^2 + bx + c = 0$, ils me font ça, à moi, ils me feront rater mes études... Le corps secoué de gros mots, elle fonce au coup de sonnette, un bonjour madame dégoulinant, lui, il se jette aux dominos, braillard, conquérant, « tu la veux, ta culotte ? ». Et moi... Le soir, ils se collettent avec un saoulot et le poussent sur le trottoir. Toute la soirée, ils parlent, la bouche pleine, des différences entre leurs ivrognes. N'avoir rien à dire, le nez dans son assiette, c'est une langue étrangère qu'ils parlent. My mother is dirty, mad, they are pigs ! En anglais, que je me permettais de les injurier. Des gestes qui me font horreur, parce que ce sont toujours les mêmes qui les font, les mal-élevés, les minables, ceux qui ne savent pas se tenir, parler. Il n'y a pas de partage, tout est toujours du même côté. Ils s'en foutent, ils ne cherchent pas à s'améliorer, ça surtout. Manger, je ne voudrais jamais les voir manger, surtout quand c'est bon, du poulet, des gâteaux à la crème, ils plongent, ils écartent les bras, ils aspirent, ils ne parlent pas. Les bouchées passent et repassent avec la langue, un bon coup pour enfoncer, le petit soupir d'aise, les petits bouts de pain qui essorent la sauce dans tous les coins, suçotés, aspirés, retrempés, ramollis... Ma mère ramone ses gencives de l'index... Comment oser ! Mes parents ! Le scandale ! Qu'est-ce que ça fait quand ce ne sont pas vos parents... rien, de la pure curiosité, du mépris. Ce sont mes parents, les miens, et je les vois bâfrer avec vulgarité, sans pudeur, leur seul plaisir, comme les clients, manger. Ils se laissent aller, ils sont faits comme ça, clapotements, glouglous, soupirs, bras étirés. Ils ne font pas attention, ils montrent tout, culottes sales pendues dans le grenier, dentier dans la cuvette. Manger du bout des dents, dames des salons de thé aux gestes raccourcis... J'aurais aimé la discrétion, la mesure, la pudeur. A la place, la précipitation, le débordement, la saleté, ces bruits de nourriture. Il n'aurait pas fallu juger là-dessus. Pour moi, c'était une différence. « Paysan du XVIIIe siècle mangeant sa soupe », un tableau du livre d'histoire, on dirait mon père. Toutes les humiliations, je les mets sur leur compte, ils ne m'ont rien appris, c'est à cause d'eux qu'on s'est moqué de moi. Leurs mots dont on me dit qu'ils sont l'incorrection même, « incorrect », « familier », « bas », mademoiselle Lesur, ne saviez-vous pas que cela ne se dit pas ? La faute, c'est leur langage à eux, malgré mes précautions, ma barrière entre l'école et la maison, il finit par traverser, se glisser dans un devoir, une réponse. J'avais ce langage en moi, j'avais fourré mon nez dans les gâteaux à pleines mains, j'avais rigolé devant les saoulots... Je les haïssais d'autant plus, mes parents...

Un monstre, si encore ils ne m'aimaient pas... Ils n'ont pas grand-chose à me dire, mais ils m'achètent tout ce qui me fait envie, des livres, un bureau, des étagères pour les livres. Elle arrive sur la pointe des pieds : « T'aimerais pas avoir un fauteuil pour être mieux installée pour tes écritures ? T'iras choisir toi-même ! » Des livres... des livres... Elle y croyait, elle m'en aurait fait manger, elle les apportait comme le saint sacrement, entre les deux mains, elle s'inquiétait. « Tu l'as pas déjà au moins ? » Elle avait l'impression de contribuer à mon avenir, à mon savoir. Elle voulait pas que je les salisse, elle disait de les respecter. Sans savoir que ces livres me fermaient davantage à elle, m'éloignaient d'eux et de leur café-épicerie, me montraient leur mocheté. Elle se pavanait : « Tous les livres qu'elle a ! D'abord, elle veut que ça ! » C'était peut-être vrai. Le fauteuil, les étagères, ça restait planté au milieu d'autres meubles sans goût, sans style, ça ne rachetait rien, tandis que les livres, ça gommait tout. Salope, j'avais honte... De plus en plus. Ce n'est pas vrai, je ne les haïssais pas, quand j'allais à la boîte religieuse je pensais à eux qui restaient à travailloter, les casiers, les petits comptes, images grises... Je fondais... papa, maman, les seuls qui s'intéressent vraiment à moi, je n'ai qu'eux. Agrandis, souriants, ils ne sont dans ma pensée que gentillesse, oubli d'eux-mêmes, des gens exceptionnels. Ils veulent que je réussisse, ils veulent mon bonheur, ils ont sans doute raison, même si ça n'est pas ça encore, si je suis nouée, murée, malheureuse. Ils n'ont même pas leur certificat, d'autant plus méritoire. Plus tard, je les remercierai, je leur rendrai. Les larmes aux yeux, pourquoi suis-je si ingrate, dès que je rentre, c'est fini, muette à nouveau. Ils ne devraient pas bouger, assis, bien droits, pas parler, ils ne savent pas parler, et je leur soufflerais tout ce qu'ils doivent faire et dire, je leur apprendrais ce que je sais, l'algèbre, l'histoire, l'anglais, ils en sauraient autant que moi, on pourrait discuter, aller au spectacle... Mes parents, la même figure, la même chair, mais transformés... Pouvoir les aimer complètement, ne pas haïr leur vie, leurs manières, leurs goûts... Je rêvais, je les façonnais, il fallait bien après les retrouver tels qu'ils sont... Ne pas pouvoir aimer ses parents, ne pas savoir pourquoi, c'est intenable. Personne à qui avouer, je déteste mon père parce que tous les matins la cascade de pisse dans le seau de chambre traverse la cloison, jusqu'à la dernière goutte, que ma mère se gratte en grimaçant sous ses jupes, qu'ils lisent *France-Dimanche* dont le prof a dit que c'était un torchon, qu'ils disent une hôtel, un anse. Et tout le reste, ce qu'on peut pas comprendre si on n'est pas dedans, vingt fois par jour, « ça va-ti, le temps se maintient, un tel est mort, verse-moi un coup de pied au cul ». Les autres, ceux qui ne sont pas dedans, Bornin à la fac, par exemple, ils en parlent à leur aise, le langage des simples, le merveilleux bon sens des gens du peuple, la naïveté. La vie simple, la sagesse paysanne, la philosophie du petit commerçant, des conneries d'intellectuel, de ceux qui n'ont jamais vu leurs parents, pas la bonne ou le plombier, c'est pas la même chose, c'est loin, s'empiffrer de charcuterie à même le papier, au bord de la mer, en attendant le car, rire aux éclats en lisant *Le Hérisson*, roter et dire « excuse ». A quatorze ans, on se dit qu'on n'en sortira jamais, on n'ose même pas se le dire à soi,

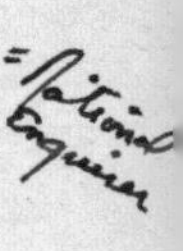

tout ça. Maintenant, je peux me le raconter, c'est plus facile, je suis du côté de Bornin, personne pourrait croire que j'ai été élevée ainsi. Seule.

Avec mes dégoûts, mes flambées de rage. Leur faute à eux... Non, ils sont nés comme ça. Ma grand-mère, blanchisseuse, mes grands-pères travaillaient dans les fermes comme journaliers. « On a pris un commerce, y avait pas d'autre moyen pour y arriver. » Y arriver, à quoi. « Plus travailler en usine, avoir un patron qui vous emmerde, regarde autour de toi, les gars aux gamelles qui triment chez un patron... » Leur satisfaction : « On a ce qui faut chez nous, sauf la viande et le poisson ! » Commerçant, épicier, c'était mieux. On se débrouille. « Grâce à quoi que tu fais tes études, faut pas l'oublier ! » Alors, c'est donc ma faute, jamais contente, je n'ai pas de cœur. Un jour, je leur cracherai à la figure... Pas comme les autres qui voudraient être à ma place, les pouffiasses qui viennent à l'apéro le dimanche, les filles qui laissent l'école à quatorze ans. Ce sont mes parents qui n'ont pas eu de chance de m'avoir. C'est fini, ils ne peuvent plus me troquer contre une autre. Si je mourais, ils seraient débarrassés peut-être. Marre qu'ils ont de me servir le cul, jamais merci sauf pour les bouquins et encore.

Je me haïssais moi-même de ne pas être gentille avec eux, de ne pas être comme d'autres, si douces, si affectionnées. Mais j'aurais eu bonne mine avec mes gentillesses *Veillées des chaumières*, entre eux, ils se traitent de vieux cons. Bien leur faute. Quatorze ans et le monde avait fini de m'appartenir. Etrangère à mes parents, à mon milieu, je ne voulais plus les regarder. Les seuls moments qui me rattachaient à eux étaient des explosions de haine ou de culpabilité.

Le pire, c'était que la classe, les filles, ce n'était pas non plus mon vrai lieu. Pourtant, j'y aspirais de toutes mes forces. « Bon travail, élève douée, doit réussir, bonne progression, bons résultats », pas variés, les commentaires. Mon seul triomphe, toujours à recommencer, c'est celui-là. Si deux ou trois mauvaises notes allaient m'anéantir... Et puis, les humiliations ont changé de forme, mais je les sens toujours prêtes à jaillir, alors que je voudrais tant ressembler à Marie-Thérèse, Brigitte, il y en a des tas d'idéales, pour beaucoup de raisons : le porte-documents balancé à bout de bras, la queue de cheval, le pull noir à col roulé, les ballerines longues et silencieuses. Elles parlent d'un monde nouveau, rock and roll, Sydney Bechet, surboum, types vachement bien, un monde plus accessible peut-être. Un pull, des pantalons, ça, ils peuvent me le payer, quelques billets à prendre dans la caisse... Enfin comme les autres, les mêmes soucis, les mêmes conversations, la même tenue... Ça doit pouvoir s'effacer, le café-épicerie, les litres de vin répandus, les cabinets pleins à ras bord. En devenant pareille aux autres par les mots, les fringues. Les filles aussi, elles entrent en conflit avec leurs parents, à propos d'un film, d'une sortie, d'une robe. Elles racontent avec force détails leurs disputes, les propos définitifs de leur père. Des foutaises, des trucs de pétasse, de la gnognote, rien à voir avec ce que je ressens. Moi, je montrais extérieurement beaucoup de respect pour mes parents, je ne parle jamais d'eux. Jusqu'à ce que je comprenne que les présenter sous un jour sévère était un gage de bonne éducation, d'une autorité de bon aloi. Pour être comme les filles, je transforme les motifs de dispute, je leur mets sur le dos des refus qu'ils sont incapables de me faire, mes parents. Etre semblable aux autres, effacer « ça », ce qui est arrivé un jour, en apprenant la grammaire latine. Mihi opus est amico, je ne peux plus lire, ça grossit, le datif avec les verbes, c'est trop chaud, avec les mains, et si ma mère arrivait... Opus est. Délicieux. Cette règle qui ne rentre pas. Peur, ça fait comme de l'électricité, mais maintenant je pouvais continuer, mihi opus est amico. Il n'y a qu'à moi que ça pouvait arriver, sans le faire exprès. Un terrible secret. J'étais perdue, je vendrais des pommes de terre derrière le comptoir, je me laisserais tripoter, les doigts hypocrites, qui veulent recommencer les cinq minutes de triomphe, l'oiseau aux ailes chaudes, lourd, majestueux, large, et crevé en trois saccades, dans la poussière de la couverture. Le péché mortel à la gorge, au zizi, partout. Jamais ce chatouillement me serait venu à l'école. Encore un coup, lié aux après-midi de vacances inutiles, chez moi, aux plaisanteries de bistrot... Plus question d'avouer quoi que ce soit au confessionnal. Au cours d'instruction religieuse, je retiens mon souffle, ne pas révéler devant ces visages innocents de mes camarades que je sais, que je comprends les allusions du curé, mauvaises pensées, actions déshonnêtes. Sale, souillée, lubrique, hystérique. Les livres, le dictionnaire aussi le disent. Et puis, un matin, la purification, ce qui me rapproche d'autres filles, la joie immense. Depuis le temps que j'attendais, que je croyais que ça les empêcherait de venir... Toute la matinée, j'ai senti glisser, par à-coups, quelque chose. Aux W.-C., une languette pourpre, lagune croûtée de sombre, claire au centre, allongée sur la blancheur de l'indémaillable. Odeur douce et lourde du sang qui a traversé les profondeurs mystérieuses et vient mourir au jour, senteur de géranium écrasé... Je suis neuve, je suis propre, ma naissance. Entrée dans la grande fraternité des filles. Ma mère ne « voit » plus depuis trois ans, elle sort ses serviettes de l'armoire sans dire un mot. Avec les autres, je partage enfin quelque chose, les grimaces de douleur, les chuchotements « je ne vais pas à la gym aujourd'hui ! ». Je vois partir avec mélancolie vers la lessive le petit paquet fleuri de rouge. Un mois, ce sera long. Et si c'était arrivé juste une fois.. Le flot de sang pur est déjà un souvenir vieux de quinze jours et j'ai peur, peur de perdre la grâce des règles dans la secousse du péché. Heureusement, la bonne lessive rouge est revenue régulièrement, à chaque fois, le renouveau, l'odeur de bête chauffée au soleil...

Je les attendais un dimanche, dix fois, j'ai cru que ça y était. Le mercredi j'ai su qu'il ne fallait plus y compter. Un miracle qu'elles soient venues les six derniers mois, à y penser. Quelques vagues précautions, comme un jeu. La punition, la vraie, enfin arrivée, la bougette de sang qui s'obstine à ne pas crever, les jours passent tout blancs. La punition, je l'avais reléguée, oubliée avec le moche, le sale, le café-épicerie crado, la solitude haineuse des gestes. Fini, la Denise Lesur, grande dadaise en communiante, pouffiasse qui se traîne au bras d'une copine excitée et connarde, sac d'humiliations, j'étais pleine de moi à éclater, pas un coin, une fissure où glisser la honte, la reconnaissance obligatoire pour les parents, le merci au bon Dieu d'avoir pu continuer mes études et merde, envolées les salades morales. Pas si longtemps, j'en pleurerais, quatre heures de fac, trois de bibliothèque, ces garçons à la peau rêche, bien douchés et baignés. Trop beau pour que ça dure. Le robinet s'est fermé. A force de craindre que je ne réussisse pas, ils m'avaient couverte de guigne. Je leur jetterai à la gueule. Les serviettes spongieuses qu'elle faisait sécher dans le grenier, avec les rais de lumière qui les grillageaient l'été... la pureté, la tranquillité. Et l'envie qui me rongeait déjà derrière les volets aux grandes vacances, sans qu'elle s'en doute. « Elle a tout pour être heureuse, elle aime que ça, les études. »

En troisième, en seconde, je n'y pensais déjà plus autant. Dans la cuisine, je guette les garçons potables qui s'égarent de temps en temps à la boutique ou au café. Cousin parisien d'un client, voyageur de commerce avec cravate et boutons de manchette. Je tourne et flaire, l'échappée, le petit frère blond dont je rêve a-t-il ce visage... En un an, je m'aperçois que je n'ai rien à espérer dans le milieu familial, ouvriers, apprentis endimanchés, gars de la campagne, ce n'est pas avec ceux-là que je veux aller. J'écoute les filles de la classe parler de surpats, de garçons sympas, en duffel-coat, qui aiment Brassens, le jazz. Des collégiens qui les attendent près de la boîte. Devenir pareille aux autres, m'initier à ces choses nouvelles, pour sortir avec un de ces garçons, les seuls qui en vaillent la peine. J'apprends tous les mots d'argot potache avec délectation, le bahut, des clopes, un lapin, mes parents s'affolent. « Un électrophor, qui c'est ça ? — Un é-lec-tro-pho-ne. — C'est pareil, c'est pas ça qui te fera apprendre ! Brassenge, Brassinge, des trucs qui te montent la tête... » Une peur bleue qu'on me monte la tête, continuellement : « Si t'as pas ton brevet ! Tu serviras derrière le comptoir ! » Elle a lu dans l'*Echo de la mode,* premier bal, premier bac, elle ne veut pas en démordre, elle soupçonne même les filles de la classe. « Faut écouter que tes professeurs. » Pour une fois que je crois leur ressembler, aux filles... Elles ne parlent plus frigo, D.S 19, vacances à la mer, mais James Dean, Françoise Sagan, *Une jolie fleur dans une peau de vache.* Ça, ça s'apprend, je découpe des photos d'artiste, je grave James Dean dans le bois de mon bureau, je dévore *Bonjour tristesse* qu'on m'a prêté. Dire que ma mère lit *Confidences,* et qu'à cause d'elle j'ai cru que Delly était un grand écrivain. Je les hais plus que jamais. Ils ne connaissent rien, mes parents, des minus, des péquenots, ni musique, ni peinture, rien ne les intéresse à part vendre des litrons, bouffer du poulet sans parler le dimanche. Dans ce monde moderne, évolué auquel j'aspire, ils ont encore moins leur place. Aux moments de lucidité, je sens que je reste pouffiasse, je ne sais pas comment, à cause d'eux peut-être, le mauvais goût, leurs manières. Les rires des filles, « tu aimes Luis Mariano ! ». Et cette paire de lunettes qui a fait la risée des filles les plus chouettes, les plus fascinantes. « Tu l'as eue à tout-à-un-franc ? » Et cette permanente trop frisottée dont je n'arrive pas à me débarrasser, comprimée en touffe au bout d'une queue de cheval trop courte... Je n'ai pas de conversation, elles m'apprennent tout, et moi je n'ai rien à leur raconter. Mes succès scolaires ne les intéressent plus, elles ne discutent pas de Corneille, mais de Braque qui vient de mourir et que je ne connais pas. Christiane, le modèle inaccessible. Son père directeur de cinéma, elle fait de la voile, elle est bronzée, une manière de parler fluide, chantante, un ange. Jamais, jamais elle ne sera mon amie, je ne voudrais pas d'ailleurs, l'humiliation vivante.

Mon amie, c'est une fille de cultivateurs radins, qui vient à la boîte libre sur un vieux biclou, mal fringuée. Odette, la seconde de la classe. Nous ne parlons jamais de nos parents. Un jour, elle a voulu prendre les commissions de ses parents chez moi, j'ai trouvé un prétexte pour l'en empêcher, il aurait manqué la moitié des trucs, la honte. Je n'ai jamais imaginé qu'elle puisse ressentir les mêmes choses que moi à l'égard de ses parents et de son milieu. Je croyais qu'on allait ensemble par goût, par caractère. Bonnes élèves toutes les deux, les meilleures en rédaction, en dissertation. Je ne l'aime pas vraiment. Le prof de lettres cite Montaigne « parce que c'était lui, parce que c'était moi ». Ça me paraît exagéré. Un jour, en voyant traîner son stylo à plume or, le cadeau de première communion, j'ai eu envie de le balancer par-dessus le bureau, la pointe la première. Des laissées-pour-compte ensemble, sans le savoir. De quinzaine commerciale en corso fleuri, de kermesse en fête de la jeunesse ou en moto-cross, nous traînons au bras l'une de l'autre, séparées par un fou rire, à la recherche de je ne sais quoi... « Amuse-toi gentiment », me dit ma mère en me fourrant une poignée de pièces dans la main. A quoi. Les petites filles de l'école publique défilent en tunique blanche, arrêtées tous les dix mètres, le vent soulève les pans des tuniques, derrière nous les hommes ricanent, la musique couine, au-dessus des fenêtres piquées de têtes comme un peloton d'épingles s'étend le ciel bleu. Nous attendons. La suite du défilé, les pétards, les gens à reconnaître, les interpellations des garçons. Endimanchés, sans allure, ce sont les gars des campagnes, des chantiers, des usines. Odette se laisse accoster facilement. Je n'arrive pas à leur répondre : leurs rires, leurs bras arrondis, me ramènent à tout ce que je déteste, vulgarité, cris, gros mots. Ce ne sont pas eux qui pourraient me donner la pureté des livres, les chastes rêves de *Lisette* ou de *Bonnes Soirées*, leurs lèvres se joignirent. Vainement, je cherche en eux le signe qu'ils n'appartiennent pas à mon milieu, un « vachement bien », une chanson de Brassens. Pas trace des collégiens le dimanche. Les distractions de la ville, les courses au trésor, les crochets sur podium devant l'hôtel de ville, c'est fait pour les péquenots. Je rentre au café-épicerie, ma mère piaille « t'es jamais à l'heure ». Demain, les autres filles raconteront leurs surboums, leurs après-midi au casino de la côte, le petit bal cucul où on est allé en bande. Sortir avec les types bien, devenir vachement sympa, je n'y arrive pas, Odette est moche, elle me porte la poisse, elle aime se marrer avec les gars de la fabrique de moutarde. Une pouffiasse. Je ne voulais pas le voir : moi aussi, je devais en être une. La vitrine de nouveautés, la glace inattendue, et je me découvre, mal coiffée, le rire large, la bouche vicieuse, presque mauvais genre. Les autres filles ont une grâce, une facilité du corps et des mouvements, elles rient, courent et se lèvent pour répondre, sans y penser. Mon corps est toujours de trop, sous les yeux des copines, je me fais l'effet d'une handicapée qui réapprend à marcher, guettée par la chute, le faux pas. Je me croyais étrangère à mes parents, je marchais naturellement comme ma mère et je mettais ma main devant ma bouche pour rire comme les filles du quartier. Je tirais sec sur ma jupe pour la décoller de la chaise. Chez moi, je faisais des gestes sans y penser, sitôt franchie la porte, au-dehors, je condamne mes manières mais je ne sais pas comment me comporter. Manger une glace en faisant joyeusement tourner le cornet, poser désinvoltement le porte-documents à terre, tendre la main d'une manière sympa, une sorte de rêve et je rougis en pensant à mon habitude de me barbouiller de pain et de beurre, d'aspirer le café au lait, de ramper de dessus mon lit jusqu'au milieu de la chambre pour ramasser un crayon, de cracher par la fenêtre en visant un point sur le trottoir. Quinze ans et j'étais plus Lesur que jamais. Pourtant, j'ai l'impression d'avoir en moi une grâce cachée, un rythme de danse paralysé, l'héroïne des romans prête à vivre...

Un jour, enfin, un garçon du collège a dit de moi « vachement relaxe, cette fille », ça m'a fait cent fois plus de plaisir qu'un 20 sur 20 en math. Relaxe, ça ne se dit pas des péquenaudes, des pouffiasses, ni même d'Odette, agrippée à son vieux biclou qu'elle enfourche pour rentrer à la ferme, la jupe bien collée sous les fesses. Il m'avait fallu presque deux ans pour arriver à ma gloire, être relaxe comme les autres filles, balancer mon porte-documents à bout de bras, parler l'argot des collégiens, connaître les Platters, Paul Anka et l'Adagio d'Albinoni. Le reste doit suivre bientôt, un « flirt » qui me sortira complètement de moi-même et de mon milieu. J'ai mon brevet, sans histoire, et trois longues années devant moi à la boîte privée. « Je continue mes études... » Y a encore des clients qui croient que je suis en retard, « elle a pas eu le certificat ? ». Ma mère glisse en douce que j'ai mieux, le brevet, mais sans insister, « faut pas faire d'envieux ». La haine, elle, ne désarme pas. Ils devraient se tenir mieux, ne pas saucer leur assiette, s'intéresser à ce que je fais au lieu d'être toujours dans leurs casiers, leurs vides à redonner au livreur, leurs pourcentages. Maintenant, j'ai mon brevet, il faudrait en tenir compte, presque étudiante. Sortie du milieu, étrangère avec arrogance. J'en sais plus qu'eux et ils veulent me commander... Dans la famille, on cherche de qui je tiens pour avoir une bonne tête, une grand-mère, peut-être, à qui on voulait donner les bourses, à onze ans le certificat, et ça retombe toujours sur le travail de mes parents, la boutique, les litrons de picrate qui ont payé mon succès et qui vont me permettre de continuer, continuer... Mon père rayonne, « si on était des ouvriers, on pourrait pas, faudrait qu'elle gagne maintenant ! » Elle, elle raisonne plus, « on sera bien contents si elle a une bonne situation plus tard ! ». Aux repas de famille, je me sens l'exception, je croule sous les responsabilités, je mange du bout des lèvres le rôti et les haricots en boîte, satisfaite cependant d'être à part, de rêver à Sydney Bechet, au disque anglais qu'on vient de me prêter, pendant que tous autour de la table essaient de me harponner le diplôme que je viens d'avoir. Ça finit par me gagner à la longue, tout est de leur grâce à eux, l'intelligence de ma grand-mère et son certif à onze ans, les clients à crédit, les vieux schnocks de l'hospice, ma mère levée à cinq heures pour faire les carrelages. Sans eux, sans leur façon de marquer les dépenses à la fourchette, leur déclaration d'impôts en grattant, je ne saurais pas un mot d'anglais, je ferais des fautes d'orthographe, comme eux. Ils m'enlèvent tout. Il me reste pourtant le souvenir des heures de classe, aux mains serrées, victoire des notes et des félicitations, tout un monde où ils ne sont jamais entrés, qu'ils n'imaginent pas, la culture que je m'approprie par effraction. Je triomphe tout de même. Je file dans ma chambre m'affaler sur mon lit, me regarder dans la glace, suivre les lignes d'un livre cinq minutes, commencer ma leçon de chimie, occupations factices pour faire croire que je ne les trompe pas complètement, que je ne suis pas la sale gamine pourrie qui mettra ses parents sur la paille. Quelle couillonnerie de penser, comme les profs, que l'on puisse trouver le moindre intérêt à *Cinna* ou à la relation de Chasles. Je m'en sers comme toile de fond à mes désirs. Ma chambre avec son papier rose à fleurs, son armoire que je trouve encore jolie, est une salle d'attente : au bout de la rue Clopart, dans le centre, s'agitent la vie et les garçons. Sans parents, libre de corps, avec des mots qui viennent facilement, je danse le cha-cha-cha, je parle aux garçons, aux étudiants en week-end, bien élevés, de familles cultivées. Je ne suis plus Denise Lesur, et il y en a toujours un qui me prend par la main, qui m'emmène. Et je refais ces rêves partout, dans la solitude, en écoutant les démonstrations de maths, en allant aux cours. Les garçons, pas seulement les garçons. Je rêve à celle que je deviendrai dans ce monde où ils m'entraîneront. Cette fois, elle vous vaudra bien la Lesur, décontractée, à la page... Couchée sur *Historia* que j'ai demandé à ma mère de m'acheter depuis que j'ai vu un gars « bien » le lire, je sens que le monde des surboums, des blue-jeans, du Coca-Cola est à des kilomètres de celui de mes parents, des ouvriers qui se servent chez nous, des minables. On y déteste, je le sais par les filles, le bal musette avec accordéon, le petit coup de blanc, les films de Fernandel, les concerts de l'harmonie municipale, tout ce que l'on aime chez moi. Les collégiens se lancent des astuces qu'on aurait jamais pigées à la maison, pas la peine d'essayer. Ils dénigrent la musique classique, la musique de papa, chez moi, on est incapable de citer le nom d'un musicien... Ils bouffent en bas, ils vont chanter *Les Roses blanches.* Le beau gueuleton du dimanche... Sortir avec le fils Laporte, le copain de la royale Christiane, ou Soiller, ou Riou, n'importe lequel, un gars « bien », c'est la purification, c'est semer toutes les valises de linge sale que je traîne après moi, le bonheur. Ne plus serrer les mains sur du vide, ou crier que mes parents sont des cons devant l'armoire à glace, vivre mon roman à moi...

En seconde, j'ai commencé la chasse aux garçons sans aucune pudeur. Qui m'aurait appris ce truc de bourgeois, la pudeur. Encore le genre de choses que je ne pouvais pas deviner, ça se passe en secret, un code intérieur. Je l'avais vu pour la première fois dans *Le Cid,* Chimène, je comprenais à peu près. Pour moi, c'était ne pas se laisser toucher par les vieux bonshommes, les terrassiers ou éviter que mon père me voie sur le seau de chambre. Courir après les garçons n'était pas impudique. Une question d'adresse ou de chance, et même de volonté. Le mot qui me plaît le plus, « audace », sec, froid, sifflant, je m'en gargarise en montant la rue Clopart pour aller dans le centre. La dernière villa dans mon dos, tout en bas les murs jaunes à Lesur, je suis sur le sentier de la guerre. Un pas plus lent, les fesses rentrées, le menton en l'air, j'ai lâché tout ce qui m'égratigne, me serre, bouillonne, l'école, mes parents, leurs allées et venues de taupe, tout laissé de côté, balancé sans scrupule : je vais reniflant toutes les traces. Un tel a déjà une petite amie, machin, pas mal en fin de compte. Je classe, je flaire, j'élimine, il suffit d'un pardessus un peu ancien, une manière de marcher, les bras ballants, d'écarter les jambes, ça me rappelle les pisseux de la cour. J'ai le coup d'œil, « celui-là, il travaille au chantier de construction » et c'est comme s'il n'existait déjà plus. Auprès du bar central et des bouffées du juke-box, les groupes rêvés, le fils du docteur Laporte, le gars de la quincaillerie Saunier et les filles nimbées de grâce. Passe ton chemin, Denise Lesur, c'est encore trop haut pour toi, le moment n'est pas mûr. Elles sont dans ma classe, mais ici, elles ne me voient pas, les salopes. Il y a d'autres proies, solitaires, tout juste accompagnées d'un compagnon toujours falot, un de bon sur les deux. Proie rousse, aigrelette, sérieuse avec ses lunettes à fil d'or... quelque chose d'anglais, de polard, de chimique... Une bouche en coquillage mou, inoffensive. Les mains toujours cachées dans un imperméable crème. Baigné d'automne, de douceur acide, avec en passant un regard bleu que les lunettes amenuisent sous des cercles de cristal. Je gambergeais, je me racontais des histoires, je marchais, je marchais. Par ici, je le rencontrerai, à la messe de dix heures. Une famille bien, son père porte un chapeau. Guy Magnin, classe de première C, habite l'immeuble derrière l'église. Renseignements donnés par Odette qui les tient de Christiane. Je me regarde dans les vitrines, dans le bout de glace de la cuisine, je relève ma jupe dans la chambre, rondeur de la cuisse vite cachée, ça ne doit pas servir dans mes prévisions, juste des étreintes pures. Je le rencontre midi et soir, il faut se dépêcher, la croisée des regards est un jeu trop connu. J'en ai marre. Proie vacillante, timide. A balayer, petit con, lavette, les roux, ça pue. Je n'ai pas de temps à perdre, le premier trimestre va se terminer. Et puis, le hasard, la rencontre, l'imperméable beige à cinquante centimètres, la main extirpée de la poche. Froide, hésitante. Denise. Guy. Où est le feu et la chaleur dont je me couvrais déjà dans mes rêveries du coucher. Mais il a la parole facile, les allusions continuelles, je traîne, je me sens gauche, je souris sans arrêt, je suis eue. Je l'avais déjà modelé, fignolé à ma convenance et je n'arrive pas à le suivre. « Tu aimes la musique classique, alors ? » C'est vrai, si je n'aime pas le jazz... ne pas oser dire que je n'y connais rien. Mon sang ne fait qu'un tour, des noms jetés pêle-mêle, Mozart, Wagner. Il faudra que je cherche dans le dico ce qu'ils ont composé. Il salue des types « on fait du cross ensemble », me montre des magasins, « ce magnéto, terrible ». Et des histoires à mourir d'ennui. Ça recommence comme autrefois, une famille, des amis, des voyages, et moi rien. Jamais quitte des histoires des autres, des salades des autres mon père qui, ma sœur que. Et les questions qui vont venir, je les sens. Pourquoi ne se tait-elle pas ma petite proie froide et rousse, des mots gentils, des gestes, ça aurait suffi. Au lieu de ce débagoulage. Peut-être pour se faire mousser auprès d'une fille qu'on emballe. Ça ne m'intéressait pas. Pourquoi ne venait-il pas tout nu, garçon propre et bien élevé, sans me cracher tout son univers. Au suivant, j'ai pris le coup, je leur posais des questions, ils étaient contents, j'en remettais, je flagornais, « drôlement chouette de passer ses vacances en Corse... ». Pour ma famille, j'éludais. « Mes parents sont dans le commerce. » A lui, qu'est-ce que je lui ai fourgué, je ne me rappelle plus. Et lui, « mon père est comptable ». Ça m'impressionnait, je croyais qu'il était au-dessus de moi, il m'impressionnait avec son aisance de dire les choses, même connes ou les gnangnanteries. L'admiration des beaux parleurs, je l'ai toujours, ça ne peut pas foutre le camp, sauf maintenant, là, puisque je n'ai personne à qui parler. J'entends mon père, il essaie de raconter quelque chose, il se perd dans les détails, il revient en arrière, c'est plein de « que je lui dis, qu'il me fait ». On n'a pas la parole, il admet. L'impression que c'était inné, ça aussi, si on l'avait manqué à la naissance, c'était fichu. Quand Bornin et sa face crémeuse discourait de Gide, de Proust, j'avais envie de dégueuler, je pensais « un petit verre de goutte et ça passerait », le diseur de paroles, le disert, il ne parlait plus pour moi. Mais là, le petit rouquin, je l'admirais, il avait le don, j'ai essayé, je racontais le dernier cours de français, Voltaire, les philosophes, ça ne l'intéressait pas. Il n'aimait que le cross, le jazz, les copains.

Rendez-vous la semaine suivante. Une semaine pour me mettre à la hauteur. Je reçois la maison de mes parents, au tournant de la rue, en pleine poire. Finie, la conquête, l'inconnu auréolé de soleil, à sa place un petit crâneur, un babillard aux mains molles qui me rejette sans s'en douter dans ma haine mûrie, rageuse. J'en aurais chialé dans la rue, qu'y a-t-il à savoir, les derniers airs de jazz, où apprendre, que répondre, je n'ai pas la réplique, il y a même des mots que je ne comprends pas. Petit con, je t'aurai quand même ! Rien à faire pour le lâcher, tant pis si je suis nouille, il faut le harponner pour devenir autre, me pavaner avec un flirt... Avaler mes infériorités. Pendant la semaine, je vois, je revois la blouse boudinée et sale de ma mère, la cuvette où flotte la mousse à raser grise de mon père, les rangées biscornues de petits pois, tout ce que je ne voulais plus voir. La paire d'yeux acérés de mon petit rouquin, s'il voyait, s'il imaginait... Pour lui, je suis Denise, élève de seconde à Saint-Michel. Je ne suis que cela, tout le reste est apparence, erreur. Il y a de mauvais moments à passer, les repas, la traversée du bistrot. Le soir, je trouve mon salut, assise sur la table encombrée d'assiettes sales, en me bourrant de gommes sirupeuses et de biscuits au détail. J'écoute *Pour ceux qui aiment le jazz*, l'oreille collée au poste pour ne pas éveiller mes parents. Je note sur un bout de papier les airs et les noms des musiciens. Au bout de quatre jours, je suis folle de jazz, je me sens neuve et riche de mes goûts nouveaux, de mes imaginations sous les draps, pendant les cours pas la peine d'écouter, c'est dans le livre, je retrouverai. J'imagine de plus en plus loin, ce flirt chaud, ce sera ma victoire, bien nette, soignée, les pauvres types du quartier, inutile de me zyeuter, regardez avec qui je suis, vous voyez bien que Denise Lesur, elle ne vous ressemblait pas, vous en avez la preuve maintenant. Mais pas seulement une victoire sur le monde de l'épicerie... des mains, une bouche, des choses à faire, ce qui va arriver...

Le samedi du rendez-vous, j'étais bourrée d'humilité et d'incertitudes, pourvu qu'il ne me trouve pas trop gourde, qu'il ne se soit pas renseigné, comme ça, sur mes parents, qu'il ne me pose pas de lapin... Il faudrait un incendie chez nous, une crise cardiaque de ma mère derrière son comptoir pour m'empêcher de courir vers les mains froides, l'imper crème, le sourire un peu mou. Pas encore la gloire, il a un genre mais ce n'est pas un tombeur. C'est ce que j'ai pensé en le revoyant. Il a proposé une balade, dans le centre, les vitrines de disques, il connaît des tas de musiciens de jazz. Devant le cinéma, ce qu'on joue demain en matinée. Au café du Centre, je suis éblouie, en fraude, si mes parents voyaient, le percolateur moderne, les jus de fruits. Il met *Petite Fleur.* « A la chlorophylle ? » J'ai pas pigé tout de suite. On a dépassé les immeubles en construction, le cimetière, on est arrivés dans les herbages clôturés. Les choses traînent en longueur. Les histoires de profs, de copains et il est déjà cinq heures et demie. Qu'est-ce qu'il y a, il me trouve trop gourde, trop moche, j'ai déjà mis mon gros manteau d'hiver, je n'ai rien d'autre. Il a une fille en vue... Je retombe dans le néant. Comment imaginer que nous soyons seuls entre deux talus, sur une route où ne passe pas un chat et ne rien faire. Il n'est pas normal. Je ne veux pas revenir à l'épicerie rue Clopart sans avoir embrassé un garçon de première C, sportif, pas mal. Je ralentis, je le regarde, ce n'est plus de l'audace, c'est de la logique, il n'aura pas causé pour rien, je ne me serai pas fait suer à l'écouter pour rien...

Tout est donné en une seconde, la tête prise dans la boucle du bras, attirée, momifiée de peur, la bouche écrabouillée. J'étouffe, je suis bouffée à la tête, comme certains poissons, lesquels. Je regrettais tout, d'avoir voulu, de m'être laissé faire. J'avais rêvé du mou, du fondant, un tendre petit curé aux caresses de roman. C'était un chien qui bataille et barbouille la figure. Ses lunettes me sciaient la tempe. Pourtant, deux minutes après, en marchant, avec le silence, le souffle, le silence, les pas de guingois pour rester collés, la main qui me ceinture, je m'emboîte peu à peu dans cette gaucherie violente. C'est donc ça, un garçon ? Et je m'enveloppe de chaleur, de respiration pressée, j'entrouvre ma bouche sans histoires. Les détails affluent, découverte des dents, des commissures, rugosité de la joue, chaque doigt s'isole dans mon dos, c'est mon festival du toucher. Ce plaisir d'interrompre en se regardant, sans parler, avec tous les gestes à faire entre nous deux, le plaisir de sentir successivement le dur et le mou, dents et lèvres, mâchoire carrée et cou tiède, jusqu'aux doigts secs et froids prolongés d'une paume tendre et humide. Le plus beau, le silence. Le crâneur, le babillard s'est tu, nos conversations d'il y a cinq minutes sont parties en niguedouille, les poignées de main aussi. Une avalanche de peau, de bouche et de langue qui me laisse sans pensée. Bon Dieu, j'avais pas honte. Je ne comprenais rien, j'avais cru que ce serait comme une compo où j'étais la première, un triomphe sur les pétasses, une satisfaction haineuse. Je ne triomphais plus à la manière habituelle, je ne me comparais plus à personne, je ne me sentais plus inférieure ni supérieure, je ne pensais plus à l'épicerie de mes parents, à mes parents, vagues silhouettes. Ça ne fait pas un pli, j'étais heureuse. Le véritable bonheur, se foutre de tout le monde, être Denise Lesur sans remords. C'était parti pour des années. Je suis montée directement dans ma chambre, j'ai enlevé mon pull et je me suis assise par terre devant l'armoire à glace. Moi, cette figure grise dans la pénombre, avec ce soutien-gorge rose satin brillant. Loin, la lécheuse de sucettes piquées en douce, la mauvaise fille qui crachera à la gueule de ses parents, la jalouse des copines de l'école, la petite vicieuse. J'ai abaissé les bretelles de mon soutien-gorge, j'ai rejeté ma queue de cheval en arrière. Ma figure et mes mains paraissaient détachées, mises au jour. Le reste de mon corps était encore dans l'ombre, une nuit honteuse et solitaire. Mais ma poitrine brille dans la glace. Je devais déjà désirer qu'il descende plus bas que le cou. Le pourtour de ma bouche cuisait, il y était presque encore accroché, le petit rouquin. Je ne me suis pas lavé la figure pendant deux jours, pour ne rien effacer. La grâce m'était tombée dessus, le café faisait un bruit de fond très doux. Je le traversais sans me presser, devant les bonshommes sournois qui ne me menaçaient plus, je disais bonjour aux clients. Mon père avait une salopette bien repassée, les vieux de l'hospice s'avachissaient délicieusement autour d'un café-calva. Je mangeais les tomates, le bifteck d'une manière irréelle. Mes parents pouvaient être les plus minables, les plus cons de la terre, barbouillée de roux, de salive, de peau rêche et molle, je ne haïssais plus rien.

J'aurais pu appeler ça l'amour. Amour, amoureuse, c'était Delly, *Confidences* ou *Le Grand Meaulnes* qu'on venait de me prêter. Lamartine, Musset aussi, en classe. L'analyse de sentiments, c'est mon fort, en dissert. L'aimer, lui, avec son baratin, polard de jazz et de cross, ses dents rentrées, coupantes. Il m'était tombé dessus, par hasard, ç'aurait pu être un autre, n'importe lequel du genre bien élevé, avec des manchettes et un porte-documents. Par moments, à table, je me disais même qu'une fois, ça suffisait. Mais je sentais que j'irais encore me balader avec mon petit rouquin... Ninise, tu ne pouvais pas résister, lui, c'est déjà tous les autres, bien rangés, haletants, misérables, couverts de sueur, c'est ce que j'aime le mieux, et la chaleur, comme la chemise de nuit que ma mère faisait chauffer sur la porte du four de la cuisinière. Mon corps qui sort de sa glu à chaque fois, les mains ouvertes... Un corps de garçon, à seize ans, et le plaisir, personne ne se rappelle, personne ne dit que c'est le vrai monde renversé, la révélation. Les filles elles-mêmes n'en parlent pas entre elles. Je sais que j'étais heureuse, j'avais mon bon ami, mon corps. Le monde m'appartenait à nouveau. Mes parents étaient dans les choux, mes études elles-mêmes avaient perdu leur sens.

On s'est revus pendant cinq mois. Le samedi à quatre heures et demie ou le dimanche à l'heure de la messe où j'aurais dû aller. Il faut bien choisir, et la messe sent les vieilles, le malheur ranci, mes dimanches de la veille avec le rôti aux pois. Toujours sur la même route entre deux haies piquantes au bout des immeubles en construction. On a découvert un sentier. Doué, le petit con, il avançait par à-coups, toujours plus espacés que je ne l'espérais. Mon corps jaillit de ses doigts par petits morceaux précis. Il refait à chaque fois le voyage précédent avant d'aller plus loin, du point arrière bien serré. La conversation, la main dans la main, à la taille, la bouche rageuse, la joue qui me gratte, les lunettes enlevées, les mains qui élargissent leur course dans le dos, tâtonnent vers la fermeture si bien soudée à la peau que je dois cesser de respirer pour faciliter les opérations. Il avait mis cinq samedis et deux dimanches pour décrocher le soutien-gorge. Il plonge, il descend. Toujours de haut en bas. Le plaisir s'épointe sous ses doigts. Une seconde de confusion. Mais dire que ma poitrine ne servait à rien jusqu'à présent. Brusquement riche de mille points sur mon corps et je sais qu'ils ne sont pas tous découverts. J'attendais. De samedi en samedi, de plus en plus creuse en le quittant. Une semaine avant qu'il n'invente quelque chose, trois problèmes, une dissert, une leçon de géo et d'histoire. Nous en sommes à la défenestration de Prague. Le travail de classe n'était plus un moyen d'être à la hauteur, mais le remplissage d'un intervalle entre deux parties de sentier, une suite de feuilles à écrire, de notes à prendre, de problèmes à faire, bien ou mal. Je glisse à Odette des papiers explicatifs qui changent de semaine en semaine et la font ricaner. Les autres filles savent que j'ai un flirt sympa, il veut être ingénieur, il va faire math élem. Petit ami gentleman, bien. Mais au fond, je ne le regardais pas tellement, j'avais toujours les yeux fermés. Il n'était fait que de peau, de souffle, de contours déjà familiers, de résistances aussi qui m'intriguaient. D'une somme de gestes. Gentleman pour la galerie. Pour moi, des mains glissantes, embringuées dans ma jupe plissée, la fermeture éclair, si claire en se tirant, cette fois, ça y est, je ne croyais pas qu'il oserait et déjà dix centimètres de gagnés sur mon ventre qui n'en finit pas. Secondes énormes, cette reptation silencieuse de la main entre chair et indémaillable. Il navigue, il se perd... Superbe et rouge. Je me sentais toute neuve, faible, écaillée de mes vieux péchés. A deux, dans le petit sentier, ce n'était pas sale. Un mois après, c'est moi qui suis allée vers une forme mystérieuse, dépliée, épanouie, comme un champignon, doigts suintants, du sang, de l'eau, comment voir, petit roux échevelé à la figure défaite de garçonnet malheureux... Oui, peut-être de l'attachement, une certaine tendresse pour mon complice. Coulante d'un plaisir tout neuf, avec des taches refroidies sur ma jupe, une tête flamboyante qui se loge dans mon cou. « Je t'aime. »

Cinq mois, avec le même cérémonial : rancart près de la boîte Saint-Michel, pour que les filles voient, un tour dans le centre, le juke-box du Central Bar, *Only you* ou *Les Oignons* et la descente au petit sentier. On faisait des choses, la principale restait à faire, du moins, je le croyais. Dix-sept ans, il fallait bien laisser une poire pour la soif, et de temps en temps, Delly me remonte à la gorge, ou *Brigitte jeune fille*, il faut se garder pour le véritable amour... Je m'inquiète aussi, les autres filles sont-elles comme moi, elles flirtent, disent-elles, dans les surpats, jusqu'où vont-elles ? Odette, elle, sort avec un ouvrier soudeur, ce n'est pas une comparaison possible. Pendant les cours de l'après-midi, je m'abrite le visage avec la main, je m'enveloppe des derniers souvenirs de peau, je désire vaguement, je suis de loin le *Lagarde et Michard*. Les mots s'embuent, lourds et noirs, gargouillants, mouches à moitié crevées. J'agite mes scrupules, mes envies, je n'arrive à penser à rien d'autre. Se toucher, mélanger la salive, les cheveux, le gluant, éblouissement de la peau, des formes que j'enferme... « La loi de Joule ! Denise Lesur ! » Ce bonheur muet d'être arrachée à des rêves sensuels par quelqu'un qui ne se doute pas, qui n'imagine pas, vieux prof desséché. Pas de honte, fière de ma bouche, de mes hanches, du plaisir même. Connaître l'autre, ses dents rentrées, les lobes lisses de ses oreilles, cette chose tapie, jaillie et chaude comme un mufle de chien... En cinq mois, le monde a encore tourné, l'existence était devenue un grand rêve de chair, d'odeurs acides. Le printemps commençait à venir. Herbe écrasée du sentier, poussière des samedis sans soleil enfiévrés par le gaz des voitures, mes doigts qui gardent des relents de glu, je pense toujours que c'est rouge, les yeux fermés. On dirait l'odeur des poiriers en fleur ou du carrelage frotté à l'eau de Javel. Et je me respire sur ses mains à lui, parfum gras et chaud, fourrure de chien mouillé. Les scrupules, encore, et si j'étais la seule, si jamais personne... Les haut-parleurs de la quinzaine commerciale nous arrivent avec des chansons d'Edith Piaf, de Charles Aznavour, le monde dégouline de passion et de plaisir, je suis dedans, les mains de mon petit ami sont moites sur mes bras, ma combinaison boulichonnée autour de mes hanches m'encercle de chaleur. Nous remontons vers le centre, la ville entière me semble en carton pâte. Les réclames s'amplifient, un bon café s'achète chez Dami, un vêtement élégant, c'est l'affaire du... Pas de danger que le café-épicerie Lesur soit cité, la petite boutique, rue Clopart, où on vend ce qu'il y a de plus moche... Mais je m'en fous, le café-épicerie est au bout de la ville, au bout de la terre, je ne suis plus Lesur, à côté de mon flirt, mon gigol-pince. En marchant il traîne ses doigts sur les murs en crépi, ça fait un bruit rêche, je n'ai plus de haine, de jalousie, une immense mollesse et la main desserrée.

Je ne pensais qu'à moi-même, j'étais une vraie boule de plaisir des orteils à la queue de cheval. J'avais des éclairs de trouille, si mes parents apprenaient, si je n'allais plus pouvoir me passer de ces choses, le plus affreux, si j'allais m'attacher. Je finis par y voir un peu plus clair, je le trouve emmerdant le rouquin, son cross, ses lunettes de taupe. Je devenais moins godiche, je voyais que les bien-élevés, c'était du bidon ; je commence à me sentir supérieure à lui. Quand nous n'irons plus ensemble, que j'apprendrai ses deux échecs au bac, j'en frémirai, avoir failli se laisser attraper par un minable. Ça me revenait ce que disait ma mère aux clientes : les traînées, elles commencent, elles peuvent plus s'arrêter, elles tueraient père et mère... Des éclairs, juste des éclairs, mon bonheur est pur et fulgurant, rien de commun avec les cochonneries que les vieux de l'hospice chuchotent, en gloussant...

L'orgueil, se croire différente. « On est comme les copains », dit mon père, « fais donc comme tout le monde » qu'elle dit. Une blague, tout le monde, qui ? Les vieux cons, les Monette de l'usine textile. Ou comme les copines de l'école, les profs ? Comme les copines de l'école, oui, mais j'y arrivais mal, à cause de vous, de ce que vous êtes, fichez-moi la paix, je ne vous ressemble pas... Ça ne tombait pas encore au bon endroit, sur les mains seulement, mais ça grouillait déjà, quelques années encore et ça filera droit dans mon ventre, un petit tas de savon mou et gluant. La punition, elle était déjà là, de croire que c'etait bien, que ça ne m'arriverait jamais. « Tu te crois mieux que les autres ! »

Un samedi de février. La sonnette, il est plus de cinq heures et demie, il faut trouver une excuse. La boutique vide, pas de pot, elle est sûrement en train de manger son café au lait plein de sucre. « C'est à cette heure-là que tu rentres ? » La sonnette libératrice. Elle lève le poing : « Attends ! On a des comptes à régler ensemble ! » Mon père s'assoit avec ses patates à éplucher, il me prévient : « Ça va barder ! » Lointain, en dehors. Elle parle dans l'épicerie « et avec ça madame ? Si, elles sont bien sucrées, les oranges ! Il y a un petit quelque chose sur le compte, vous vous rappelez bien ? ». De quoi s'agit-il ? De mes notes ? Les résultats sont toujours bons, malgré tout, la force de l'habitude... On m'aurait vue ? Est-ce possible que mes promenades au sentier, éblouissantes, se mélangent ici aux paroles marchandes de ma mère, au café au lait couvert de peau ? Je ne vais pas me laisser faire, je ne vais pas laisser entrer ici mon corps dénoué, heureux, ma complicité, ma rousseur. Je nierai, je cacherai... Elle rentre dans la cuisine, grise, tourmentée, une tache de gras à la poche. « Qu'est-ce que tu foutais, sale carne, sur la route du cimetière, avec une espèce de galapiat, tu peux le dire, oui ? » Je mens sans souplesse, non et non. D'un seul coup, elle a grincé des dents, les yeux hors de la tête, mon père a piqué du nez dans les patates, ça sort par toute sa figure : « Sainte nitouche ! On croyait qu'elle était gentille, dans nos jupes ! Comme il faut ! On peut se crever le cul pour elle, la salope ! Tout qu'elle a ! » Elle pousse des grognements, elle va me battre, mais le père Forain est en train de poser son sac plein de bouteilles sur le seuil de la boutique : « Va lui ouvrir espèce d'endormi ! » Mon père file comme un rat. Elle me tourne autour, elle m'interroge : « Qui c'est, ce galapiat ? » Elle triomphe, elle me ridiculise, elle est forte : « Des fois, t'es pas malade ! Ce gars-là, il te prend pour une chaussette, il se fout de toi ! » Il faudrait savoir, je suis de leur niveau, à ces gars, ou je suis inférieure ? Elle ne répond pas : « Passe tes examens, tu penseras à tout ça après ! » Elle geint, accablée : « Se conduire comme les filles du quartier qui fréquentent à quinze ans ! Toi qu'es à l'école libre, qu'étudies ! » Elle s'affole : « La vieille taupe de mère Lecien, elle t'a vue, elle va se goberger, imbécile ! Ça se croit mieux que tout le monde ! » Redressée : « A ton âge, j'avais de la conduite ! Pourtant j'étais qu'une ouvrière ! » Elle crache, elle s'étouffe dans ses gros mots, elle devient pleurarde : « Dire qu'on a tout fait pour cette cochelà, on aurait pu te foutre au boulot à quatorze ans ! Et ça galoche avec les gars ! » Ça a duré une demi-heure. Je la regardais sans pouvoir placer un mot, elle tirait sur sa blouse, elle se trémoussait de rage. Ce n'était pas à moi qu'elle parlait, elle parlait à une Denise qu'elle s'était fabriquée, les bonnes notes aux compos, la bonne élève, celle qui avait eu le B.E.P.C. et qui aurait le bac. Ça filait sur les bords, ce qu'elle disait, et ça recommençait, la haine, plus que jamais. Je claquais de haine, pour d'autres raisons qu'avant, des raisons senties jusqu'au ventre. Peur, c'est tout ce qu'elle avait, à cause des babillages des clients, de mes études. Peur que ça ne serve à rien de m'avoir mise à l'école libre, de m'avoir fait apprendre pour rien. Un monstre de ne pas m'être contentée. Et toutes ces cochonneries qu'elle écoutait en se délectant, à la boutique, elle me les prêtait sûrement. Elle en pleurait de morale, jamais j'aurais cru qu'elle puisse en avoir tant, pire que les profs, les curés, les *Veillées des Chaumières*, c'était pas la même, pour elle, ce n'était que de la bonne conduite, du comme il faut, elle répétait ça, sa morale c'était de la trouille. Elle s'arrête, elle guigne mes chaussures cerclées de terre oubliée du sentier où s'accrochent des barbes d'herbe folle. Elle pâlit, elle va me tuer ! « Au bois ! Au bois ! T'es allée au bois ! » Elle m'a frappée, deux gros coups de poing dans le dos. Le père Forain lorgnait par l'embrasure de la porte. Elle m'a traînée dans l'escalier en hurlant, salope, salope, si jamais, si jamais il t'arrive un malheur, tu entends, un malheur, tu remets plus les pieds ici. Elle m'a enfermée comme la chienne en folie des voisins. Sous moi tourniquent les parlotes, les exclamations. J'entends le grincement du tiroir-caisse mal graissé. Les clients se glissent comme des cloportes sous le plancher de ma chambre, enfouissent la marchandise dans leurs sacs de toile cirée noire et ma mère couine interminablement avec ça, avec ça, dans le tintement des bouteilles, le glop sec de la balance qui retombe sur son plateau. Je suis couchée sur des mètres carrés de sucre, de petits pois, de biscuits, la bouffe, les litrons, la camelote des tabliers, des balais. Avec ça, avec ça, il faut que tout parte, enlever les sous du porte-monnaie à l'arraché. Je crève de solitude et de haine. Une coureuse, une traînée comme les filles du quartier, ce qu'elle peut les mépriser au fond. Déjà ma peau nouvelle empesée de plaisir devient moche, sale. Saloperie, mauvaise conduite, la douceur de l'intérieur des lèvres, le cou très rose, les mains humides. De la bave de limace sur les doigts, sur les cuisses. Plus un endroit de propre et de libre, elle m'a arrachée, brandie toute nue dans la cuisine, écorchée de morale de haut en bas.

Ils avaient gagné cet après-midi-là. Ils m'avaient rattrapée au tournant, renfournée dans mes bouquins, défense d'en sortir. Elle avait vendu avec rage toute la soirée pour se venger, pour effacer. Si elle avait pu, elle m'aurait écrabouillé les seins, le quat'sous comme elle dit. Ils avaient la pétoche à chier dans leur culotte. Leurs ambitions... Denise, on l'entend pas, elle apprend, elle a toujours bien appris, à cinq ans elle lisait le dictionnaire ! Tranquilles. Mais Denise qui court les garçons, Denise libre, heureuse, et ils deviennent enragés, ils vont me ramener dans leur auge, me salir pour mieux me refourrer dans leur morale, leur trouille. Il fallait que j'aie peur moi aussi, sinon, je n'allais pas réussir, j'allais me laisser aller...

Qu'est-ce que je ferais maintenant, les livres, les devoirs, le dimanche avec le rôti, le pèlerinage annuel à Lisieux, en car, la basilique et les Buissonnets, les vacances toute seule à bronzer entre les casiers dans la cour... Les autres filles continueront d'aller danser, de boire des pots au Central Bar, elles iront à la plage. Ils m'ont eue ce jour-là. C'est vrai, je chialais, j'avais la trouille, je pensais au bac de l'année suivante, et si j'allais devenir putain, si j'allais me mettre à courir même après ceux qui me dégoûtent, parce que ça me fait plaisir... J'étais de nouveau sale, impure.

Qu'est-ce qu'ils croyaient, que je pouvais les écouter gueuler, m'enfermer dans ma piaule et dire amen. Ils imaginent ça : « Denise est pas venue, elle va au théâtre qu'elle nous a écrit », et ils le croient. Bien gentille, bien sage, son bac, elle l'a eu, et le deuxième aussi, à la première session, et puis propédeutique, en juin dernier. « Ce qu'elle veut faire ? Elle sait pas, professeur, peut-être. Ce qu'il faut, c'est aller le plus loin possible. » Elle répète, ma mère, ce que lui ont toujours dit les institutrices et les professeurs, aux manières retenues, qui penchent la tête pour écouter, une main dans la poche. « Vous en ferez quelqu'un ! » Elle rayonnait, elle buvait leurs paroles. Elle me voit au théâtre, elle dit « avec ça », contente. Elle a eu chaud, il y a trois ans, sa fille a failli mal tourner. Ça a bardé, c'est rentré dans l'ordre. Quand on veille au grain, dit-elle. Si je voulais, je vous amènerais le petit cadeau, la surprise de la fête des mères à retardement. Violet, informe. J'ai le ventre plein de nœuds, une corde à nœuds qui n'en finit pas de se dénouer. C'est tout au bout, la surprise, bien accrochée encore, comme les barquettes aux fraises qu'elle rapporte le dimanche, au bout d'une ficelle, dans un paquet blanc. Dans l'ordre, si tout y avait été, une maison accueillante, de la propreté, si je m'étais plu avec eux, chez eux, oui, ce serait peut-être rentré dans l'ordre.

Même pas trois mois que ça a duré, mes remords. Je renifle en mai les ravenelles de la cour, la pistrouille de l'urinoir. Dans la fenêtre du bistrot, sous la pancarte bouffée de rouille « licence », je me vois, fluide et romanesque. Les cons. Comment pourraient-ils comprendre quelque chose à mes sentiments, mes sensations, accrochés qu'ils sont à leur comptoir, ils ne connaissent rien en math, rien en littérature. Les vieux schnocks crient comme des veaux. Ils disent que quelque chose se prépare, cette fois, on est cuits, des incapables, des feignants, des ordures qu'il faudrait balayer, dans le trou des chiottes. Y a pas à tortiller, nous, les ouvriers toujours baisés. La mobilisation et le bataclan, tu vas voir, tu vas voir. Sers-nous la rincette ; le père Lesur, quelquefois que ce soit la dernière. Les nuages s'effilochent, une fleur de souci orange entre les doigts, j'aurai un autre petit ami, je n'en aurai pas, oui, non, oui ! Il compte aussi ce minuscule pétale, et le cœur écrasé répand son odeur acide... Si c'est vrai, ce qu'ils racontent, ça va très mal, les généraux ont pris le pouvoir là-bas, en Algérie. La révolution... les gens se battraient, se cacheraient, je pourrais surtout me sauver de chez moi, dans des greniers, des garçons... Comme le maquis autrefois. Qu'il arrive enfin quelque chose dans le monde, en France, pour que je puisse, moi, m'en sortir... On écoute les informations pendant le souper. « Où on va, où on va, qu'ils répètent, merde, c'est pas beau, tu vois, ils vont aller le rechercher à Colombey, qu'est-ce que tu veux, y a pas moyen... » Non, je ne veux pas qu'il vienne, celui-là, je ne me rappelle pas de lui d'ailleurs, il va tout sauver et moi je ne veux pas que tout redevienne calme. Ça craque, ça pète et l'épicerie Lesur craquerait aussi bientôt, rasée, démolie, on s'en irait d'ici. Je ne hais plus, j'espère. Les kilos de sucre qui partent, et l'huile, le café, les conserves, les bonnes femmes des villas qui rappliquent, dix kilos de sucre en morceaux d'un coup, les lèvres pincées, mais elles ont la trouille, et les clientes aussi, vous me mettrez de côté deux litres d'huile, je paierai à la fin du mois. C'est un signe ça, la ruée sur la bouffe. Ça revient, les écoles vont fermer, le grand changement, mais moi je jubile, je m'accroche aux signes, les conversations des soûlographes, les boîtes de sardines qui se barrent. Le Comité des fêtes de la quinzaine commerciale a cessé les jeux, plus de courses au trésor, de crochets. La rue Clopart est de plus en plus grise et inerte, odeur des caniveaux réchauffés, mais le monde va changer, tous le disent, les profs affolés, les filles, mes parents, il faut sauver l'Algérie française, c'est à nous, c'est nous les Africains qui revenons de loin, comme ils chantent les troufions du quartier qui rempilent, les têtes brûlées. Ça va mal, je suis gonflée d'attente... Pourvu qu'il ne sauve pas trop vite la France, celui-là, ce vieux machin, le temps de voir des choses, de retourner au sentier avec quelqu'un, sentir la peau duveteuse d'un garçon, comme le dessous des feuilles de cassis... Le petit rouquin, c'est loin... Les informations sont vagues, va-t-il venir ou non... Il vient ! Il va sauver l'Algérie, tout... Ça va recommencer, l'ennui des dimanches, mes parents, la haine... Les clients n'achètent plus de sucre, le temps de la trouille est passé, la kermesse aura lieu, les événements sont finis. C'était fini aussi ma belle connerie d'imaginer que ça puisse changer comme ça, de l'extérieur. Les guerres c'était vieux, les révolutions encore plus. Le mois de mai croupissait, le bistrot sentait à nouveau le vin tiédi et le café bouillu. Blousée. Il fallait que je regalope, que renaisse la fête des mois passés et merde pour le bac l'année prochaine...

Ils ne pouvaient pas être à mes trousses tout le temps, surtout le dimanche de la kermesse, ils avaient les gars des campagnes autour qui venaient déposer leurs vélos dans la cour et boire le coup, les vieux de l'hospice en vadrouille. Je suis sortie avec Odette. Il fait si chaud que les gens forment des haies bleues au bord du trottoir, les gamines des écoles défilent, abruties. J'ai mis une robe très courte, après avoir passé mes jambes dans une décoction de chicorée pour les bronzer. Il est brun avec un collier, un blue-jean, type artiste on dirait. Moins emmerdant que le rouquin. Livres, films, poèmes, Baudelaire et Verlaine qu'il récite par cœur. La politique encore mieux. Odette, compréhensive, s'est éclipsée. Des tas de noms que j'ai entendus à la radio, Soustelle, Gaillard, Mendès France. « On se mélange au populo ? » qu'il dit. Maintenant, je suis complice, il me prend par la main, avec lui, il m'excepte de la foule des gogos qui jouent déjà aux loteries, tirent les mamelles de la vache-surprise en carton, des giguasses accrochées ensemble, suivies par les gars en costume du dimanche. On va se marrer, tous les deux, dit-il. Faire comme si on était venus à la kermesse pour la kermesse, comme si on aimait s'empiffrer de gâteaux ramollis, gagner des saloperies, des rossignols. Faire comme les prolos, leurs mémères aux épaulettes de combinaison descendues sur l'épaule. Denise Lesur, je suis venue ici avec mes parents, l'année dernière encore, et les années d'avant. Ils tiraient la quille devant les stands, déroulaient leurs petits tickets de loterie, gueulant « t'approche pas des tirs ! ». Ils s'installaient à la buvette, ils comparaient les marques de bière avec les leurs. On regardait. Les gens, les filles costumées, tiens Un tel. Ils rentraient contents. Avec Odette aussi, je suis venue, c'était pareil, on passait le temps à pister les types bien, les zigs pas trop cloches, les rares, ils étaient toujours pris. Oui, je suis à la fête des péquenots, des employées de l'usine textile, des grandes gigues qui dépensent tous leurs sous de la semaine à des foutaises. Mais je n'y suis pas pour de vrai, nous sommes vachement au-dessus. C'est grisant. Nous buvons du Pepsi-Cola trop chaud « c'est dégueulasse », il se marre. Il est étudiant aux Beaux-Arts. Une guêpe s'abat sur les miettes étincelantes de confiture bon marché, le haut-parleur de la loterie me braille jusque dans le ventre et la sueur se fraie un chemin dans la chaude couleur de chicorée. J'étale discrètement du bout des doigts. Je l'écoute parler. Le général de Gaulle est bien sûr l'homme de la situation. Un gouvernement fort. On va se poiler, regarde la pouffiasse qui chante comme Dalida. Sa main m'entraîne, me serre, me rapproche de la toile rêche du blue-jean. Je suis prise, un vrai glaçon en train de se former, des bords de la peau au centre. Plus doué que le premier, une heure durant, il me tient la main, l'épaule, de loin, de près. On a vu des filles imiter Edith Piaf, Gloria Lasso, des clowns. Quand, devant le stand des spécialités normandes, on s'embrasse enfin, je suis engourdie d'attente. Un nouveau répertoire, plus de cynisme « frotte, ça fait du bien ! ». Nouvelle, la peau, elle sent le lait au moment juste où il vient de prendre au fond. Et cette manière de se foutre des gens, qui me libère de mon milieu, qui me met de son côté. Chez mes parents, on ne plaisante jamais, ils prennent tout au sérieux, pas le droit de dire des bêtises pour le plaisir, l'ironie, ils connaissent pas, elle prend la mouche tout de suite. Ils n'aiment que les grosses bouchées, Jean Vachier sans papiers, les trucs à faire vomir ou les rigolades de l'Almanach Vermot. Beaux-Arts, je l'appelle ainsi, il y a tout ce que je voudrais aimer dans ce mot, lui, il fait le gamin, il lance les noyaux de cerise en l'air, il traite tout le monde de peigne-cul. Il m'éblouit, il me met de l'autre côté de la barrière avec lui, je ne suis plus seule, il trouve les gens encore plus minables que je ne les trouvais. Avec lui, je suis intelligente, libre, sortie du bistrot, et je regarde ironiquement la grognasse que j'étais hier encore.

Les vacances arrivent. Un bel été. Il n'y aura plus de révolution, mais tant pis. Je bronze près des chiottes et de l'enclos à poules. Les clients qui vont pisser, s'arrêtent, indécis : « Ça bronze ? » Un grognement pour qu'ils passent leur chemin, qu'ils n'essaient pas de familiariser avec moi. Mes parents n'y tiennent pas non plus, des fois que je perde le goût des études, que ça me plaise de discuter avec eux, les poivrots, que je redevienne comme eux. J'ai dix-sept ans, et ils sont tous un peu satyres. Servir à la boutique, pas question. Partir, non plus. Aller en Angleterre, camper, t'es pas folle, non ? On sait jamais ce qui pourrait t'arriver ! La trouille, toujours. Me garder la tête dans les études et le corps sous leurs yeux, ça, leur rêve ! Rudement difficile, ils ont pourtant fait ce qu'il fallait, personne pourrait leur reprocher, des parents exemplaires, vu leur milieu, comme glissait la prof à la directrice.

Rien d'autre à faire, cet été-là, qu'à me saouler de livres, la crampe au cou, huileuse d'ambre solaire. Et à courir. Je découvre la « vraie » littérature, celle des profs, celle que lisent les plus évoluées des copines, celle que Beaux-Arts me passe. Sagan, Camus, Malraux, Sartre... Les idées, les phrases m'échauffent. La tête levée, je flotte, je suis forte, intelligente. Ici, je vis à l'hôtel, chez mes parents. La seule, dans toute la rue Clopart à aimer de tels livres. La vie est douce, légère et triste, comme ils le disent. Beaux-Arts m'attend demain, je n'aime que les moments parfaits, comme dit Anny dans *La Nausée*. Ça se mélange, je suis un arbre envahi d'oiseaux muets. Quand je me relève, le mur du bistrot tout noir se fêle de raies rouges, je passe devant quelques schnocks en tricot de corps et en bleus, luisants de picrate et de chaleur. Autre. Infiniment supérieure. Ces livres en sont le signe infaillible. Sartre, Kafka, Michel de Saint-Pierre, Simone de Beauvoir, moi Denise Lesur, je suis de leur bord, toutes leurs idées sont en moi, je croule sous l'abondance. J'inscris des passages sur un petit carnet réservé, secret. Découvrir que je pense comme ces écrivains, que je sens comme eux, et voir en même temps que les propos de mes parents, c'est de la moralité de vendeuse à l'ardoise, des vieilles conneries séchées.

C'est tout sec maintenant, tout essoré la littérature, ces palabres à s'avaler, sur Péguy, l'amour du peuple... Mais cet été-là, entre la seconde et la première, ça ne ressemblait pas aux autres étés dégueulasses. J'aurais pu être ailleurs, comme d'autres filles, sur la plage, au casino, en train de danser, j'en crevais de temps en temps, mais c'était superbe de liberté et de plaisir : c'est pas rien de découvrir Camus, avec les poules qui vous viennent fienter à un mètre et les bonshommes débagoulant sur la taille du général de Gaulle. Découvrir que le reste autour, c'est pas du vrai, juste un arrangement dû au hasard et je n'y suis pour rien. Ils sont péquenots, ils sont braillards et je m'en lave les mains. La vérité, elle était écrite noir sur blanc, dans les livres, elle était à ma mesure. Je regardais de haut, j'avais pitié de ceux qui n'auraient pas pu lire une page en pigeant. Je ne pouvais pas faire autrement que d'être éblouie. Entre *Bonnes Soirées*, que ma mère poisse de son café au lait, et *Le Château* de Kafka, je m'aperçois encore qu'il y a un monde. Continuellement des distances, avec mon milieu... Boîtes de pois mi-fins dans les rayons, le soleil caresse les cosses vertes à grincer, ma mère nettoie les chaises d'un coup de torchon, le vieux Martin tremblote tellement qu'il laisse s'échapper son verre de pernod. Eux, ils ne changent pas. Un monde. Ces vacances-là, je trouve le joint, la manière la plus sournoise de m'en sortir, savoir les choses que les autres ne savent pas, foncer tête baissée dans les études, la littérature, surtout la littérature, pour flotter au-dessus de tout le monde, les emmerder. La vraie supériorité. Pour jouir aussi. Beaux-Arts, je le rencontrais deux fois par semaine, n'importe où, la tête zébrée de lectures, les cuisses rouges de coups de soleil. Pour ne pas éveiller les soupçons de ma mère, des promenades avec Odette servent d'alibi, ou la messe, toujours. Une heure dans le meilleur des cas et les trois quarts en parlotes, mais il me fait rire, tout le monde est con et abruti, sauf lui et moi. Avec des bouts de Camus et de Simone de Beauvoir dans la bouche, j'en suis forcément persuadée. Je l'enduis de *L'Etranger*, du *Mur*, d'*Antigone*, je lui en mets plein la vue, pour être à sa hauteur, il est tellement fort en peinture, et son père est dentiste à vingt kilomètres d'ici. J'y arrive, il me dit « tes parents doivent avoir l'impression d'avoir couvé un canard ! » Ça l'inquiète aussi, c'est pas naturel, fille d'épicier, comme ça, je lui en veux. Salaud, pourquoi pas moi ? Heureuse tout de même. Je cherche le sens du plaisir, comme les philosophes tandis que mes coups de soleil fulgurent de douleur sous sa main qui descend, sillonne et décroche...

Elles arrivent, elles sont là, mes années glorieuses, depuis que je les attendais. Le café-épicerie s'effondre, pauvre vieux machin au bout de la rue Clopart, tout juste bon à m'abriter encore deux ans tout au plus. Ils ont peint en vert et orange le bistrot, recouvert le comptoir de formica rouge. Ça me fait rigoler. Ils vieillissent, il y a moins de soûlots, ils crèvent. Bonjour, merci, au revoir, je suis décrochée, il ne reste rien, de la pitié de temps en temps, qu'ils croient m'avoir eue, bien sage, bien gentille, pas très causante, pas rigoleuse, et que je les méprise au fond... Je suis loin d'eux, je suis libre. Dans l'armoire à glace, je me trouve « relaxe », « décontractée », le rêve, la queue de cheval lisse, le jupon ballonné, les ballerines alertes. Ma fête, elle vient par tous les bouts. Je suis sortie de la giguasse, de la grande envieuse que j'étais. Je peux ouvrir la bouche sans crainte, il n'en sort plus ces bouts de phrases de la maison, ces intonations qui classent « t'as mis ton pal'tot ? », les drôles de mots de la campagne que mes parents traînent, qui font rire les filles chez elles, il n'y a que la bonne qui parle ainsi, les chaussettes en « carcaillot », le pain tout « mucre ». Mieux, j'ai avalé l'argot des potaches, les mots de passe entre nous, les bientôt étudiants. Et puis maintenant, j'ai l'impression que je ne pourrai plus revenir en arrière, que j'avance, ruisselante de littérature, d'anglais et de latin, et eux, ils tournent en rond dans leur petit boui-boui, ils sont contents, pas besoin de remords, ils ont tout fait pour moi. La culture, ils ne savent même pas ce que c'est. Le sujet du bac, « ce qui reste quand on a tout oublié », eux, ils n'avaient jamais rien appris... Je m'éloigne, je disserte sur le romantisme, les encyclopédistes, l'immortalité de l'âme, il ouvre son journal à la page des crimes, il adore aussi les accidents, elle, c'est les petits romans. Je vais avoir le bac, je l'ai, je vais passer le second, je vais faire propédeutique... Ils sont paumés, j'aurais pu l'inventer ce mot-là, ils n'y auraient vu que du feu, ils n'arrivent pas à le prononcer, elle m'a donné un bout de papier du carnet de comptes pour que je l'écrive, elle se rappellera mieux quand elle le dira, pas aux clients habituels, à eux, elle dit « la fac », seulement, avec un drôle de couac à la fin, mais au toubib, au notaire, à l'adjoint du maire en balade, au curé qui va « administrer » un mourant. Ils regardent, ils me félicitent, ils n'en reviennent pas, ça vous la coupe, que j'y sois arrivée, c'est pas ordinaire, hein ? Ils ne me parlent pas comme à ma mère, ils me font des astuces sur Racine « le plus simple appareil d'une beauté... », des polissonneries en latin, « certes quis, venus... », dix fois peut-être. Ma mère rayonne, on me prend pour quelqu'un, elle voit bien. Je suis leur égale au notaire, au toubib, j'ai fait des études comme eux. Je triomphe. Ils peuvent m'interdire maintenant d'aller à une surboum, gueuler, ce sera de la gnognote, des aboiements de chien basset, inoffensifs, je suis décidée à user de ma supériorité... Pas la peine, ils sont prêts à tout me donner quand ils voient que les gens bien s'intéressent à moi. « As-tu besoin d'argent ? Est-ce que ça t'intéresserait un nouveau disque ? » Presque triste... Je ne mérite pas cette sollicitude, et puis, tout ça à cause d'un type en costume, en boutons de manchettes qui leur en fout plein la vue, Racine, ut avec le subjonctif...

Le bac les a complètement ramollis, ils respirent, je risque de moins en moins de mal tourner. Ils ont eu l'œil, et puis quoi, elle apprend ce qu'elle veut, Denise, ça rentre, elle n'a pas la tête dure ! Cons. Pourtant, le soir du résultat, j'écoute *La Petite Musique de nuit* de Mozart, je sais qu'au-dessous, la mère truc ou machin lève la tête d'un air mi-figue mi-raisin, je commence à être mal vue, et la chambre file vers un avenir merveilleux, avocate, agrégée, de quoi, c'est sans importance, pas un métier précis, je m'en fiche, être quelqu'un, continuer toujours plus loin... Rondeurs de la musique, fuites sans fin, mon avenir se déplie, je crève de bonheur, et si ça s'arrêtait, si je restais dans la mouise malgré tout, les paquets de nouilles... Si je ratais les examens à venir... Ils sont là, au-dessous, porteurs de poisse, aspirés vers les bouteilles vides, les petits sous, les billets sales que les gamins griffonnent d'encre violette. Il y a même dans le quartier Clopart une fille de mon âge qui porte mon nom, Lesur, elle boite, elle n'a jamais réussi à apprendre à lire, maintenant, elle se met à picoler comme ses parents, si moi aussi, un jour... Le nom. Demain, après-demain, cela fera un jour et deux, et un mois que j'aurai eu le bac et puis ce sera comme si je n'avais rien eu. Tout sera à refaire. Je n'arriverai jamais à entasser assez de diplômes pour cacher la merde au chat, ma famille, les rires idiots des poivrots, la connasse que j'ai été, bourrée de gestes et de paroles vulgaires. Je n'arriverai jamais à écraser à coups de culture, d'examens, la fille Lesur d'il y a cinq ans, d'il y a six mois. Je me cracherai toujours dessus ! Regarder au-dessus de soi, je suis d'accord dans le fond avec les profs et ma mère. Il faut encore creuser l'écart, semer définitivement le café-épicerie, l'enfance péquenaude, les copines à indéfrisable... Entrer à la fac. être étudiante, comme les filles distantes, affairées, qui descendent du train le samedi, elles font médecine, droit, les filles de l'avoué, de l'entreprise de peinture... Le disque s'est arrêté, ils m'attendent en bas pour le souper, bientôt je vais les laisser.

De belles années tout de même jusqu'au bac, la réussite et puis la fête, choisir entre les êtres vivants... Bouffées, élancements triangulaires, salive et peau, ma fête c'est un corps de garçon. Pas n'importe lequel, des collégiens, première ou philo, au-dessous, tu déchois ma fille, j'ai beau renifler, il y a des loupés, un représentant, un employé du Crédit lyonnais, des types qui veulent se marier. J'appelle ça flirter, comme les filles de la boîte. Une dizaine en deux ans. Beaux-Arts n'avait pas fini l'été, « pourquoi tu ne baises pas ? C'est plus sain ! » Je ne savais toujours pas jusqu'où on pouvait aller, si les autres filles acceptaient... De Verlaine et Rimbaud, tout compte fait, il ne connaissait que quelques poèmes. Les autres ne font pas non plus long feu. Une soirée de bal, maintenant, après le bac, ma mère permet, les bals de l'Agriculture, du Commerce. Les rendez-vous au Central Bar, huit jours de promenades, ou deux mois, l'hiver il faut plus de temps pour soulever le pull-over. A Y..., chez mes parents, je n'ai jamais voulu aller jusqu'au bout. Je notais sur un carnet, leur âge, leur adresse, la profession de leurs parents et ce qu'on avait fait, en anglais, pour éviter la curiosité habituelle de ma mère, elle fouille même dans le seau de chambre. Un reste de trouille, il y avait de mes parents là-dessous, leurs histoires de traînées, de roulures, les chansons réalistes, *L'Hirondelle du faubourg*, les histoires vécues de *Confidences*. Imaginer que j'aurais pu faire l'amour rue Clopart, dans la cave, avec le garde-manger poissé, les barriques qui ne servent plus depuis dix ans, un cauchemar. Loin d'eux, au bord de la mer, dans l'eau, sur le sable... Dominique, Jean-Paul, ou le petit brun, le on dirait James Dean, pas de nom, ça arrive, je les mesurais à l'humour, aux mots d'esprit qui montrent que ce ne sont pas des péquenots déguisés. A dégobiller, les Charles attend, la masse tique et turbe. Il me faut la complicité : « Toi, tu es une lettreuse, tu feras hypokhâgne ? » Il est du bon côté, je peux lâcher la bride, laisser la fête se préparer toute seule, bouche et seins triomphants, sexe déplissé, balancé au rythme de *Petite Fleur*. « Allumeuse ! » Maintenant ils se tortillent, souffreteux, sur ma jupe, ceux qui ne me connaissaient même pas il y a trois ans. Ma revanche. Le plaisir et la pureté confondus, je n'appartiens à personne. Mais je leur prends des manières, des mots, des goûts. Dominique, le yoga et Duke Ellington, Jean-Paul, les dessins animés; rien quelquefois, je n'ai pas le temps. Du petit rouquin à l'avant-dernier, je me suis faite plaisir, je barbotais dans le souffle, la bonne éducation, la famille des autres. Là non plus, jamais assez de garçons pour effacer mes péchés mortels de l'enfance, la promiscuité des vieux kroumirs qui tremblent de la bouche, des doigts, du zizi, les gars en bleus, les petits peintres aux mains sales, Ninise, approche un peu pour voir. Le plaisir, c'est ma conquête, mes parents n'y sont pour rien. Le temps de la richesse, de la profusion, le bac, les flirts, dix-huit ans. C'était réussi. Des tas de connasses de la boîte libre lâchées en cours de route, bac loupé, redoublements, même Christiane qui a cessé ses études, et par-dessus le marché, je danse et je sors avec les garçons de ce monde que j'enviais...

Des trucs qu'elles ne peuvent pas comprendre, celles qui sont à côté de moi à écouter le prof discourir sur Kant et Hegel, la dernière année à la boîte Saint-Michel, les filles de toubib, d'ingénieur. J'aurais pu ne pas être là, à un poil près, une décision vite torchée, « t'iras t'embaucher aux cages à oiseaux ! », terminées, les études ! J'y suis, moi, une rescapée, mais attention, pas de la même cuvée. En ce moment, ils se coltinent des casiers, ils s'engueulent, ça vous ne connaîtrez jamais. C'est moi qui suis supérieure, en tout, même jouir ne me fait pas peur, pourvu que je reste vierge... Je m'enfièvre, je me raconte, je domine la classe de philo par la pensée... La vieille haine fout le camp, elle revient juste une heure par mois, quand mon père geint qu'il n'y arrive plus, que les gens vont de plus en plus dans le centre acheter leurs commissions, qu'ils ont l'air fatigué. C'est moi que je hais. Je leur suis montée dessus, ils triment au comptoir, et je les méprise... A quoi ça sert, je n'ai pas d'amie, je ne m'attache à personne... Les mouches tourni-quent sur la vieille cloche à fromage bosselée, la même depuis dix ans. C'est peut-être moi qui les ai empêchés de s'acheter une belle épicerie. Pourrissants rue Clopart. Je ne peux rien pour eux, si, ils vont être contents, je vais entrer à la fac de lettres.

C'était presque irréel. Des traces de soleil fragiles et dorées sur les murs, un mois d'octobre mou. J'enjambais les coulées d'eau savonneuse que les commerçants jettent sur le trottoir. La cour de la fac était fourmillante de garçons et de filles intelligents. Tout le poisseux, tout le moche était foutu le camp, seulement le bonheur d'être là, toute seule, la petite crainte que ce soit trop dur pour moi, une bricole. Etudiante. J'ai coupé les ponts, mais ils ne le savent pas, je retournerai les voir tous les mois, et d'abord j'ai une bourse et une chambre à la Cité universitaire. Juste un peu d'argent de poche pour les bouquins, les pulls, la monnaie du tiroir-caisse pas plus, et ce qu'il y a de moins mauvais raflé pour la bouffe, biscuits et nescafé. Des garçons en veste couleur d'automne, d'autres en anorak, type scout ou polard, mais je m'en fous, ils sont tous déjà bien triés, étudiants comme moi, la crème, tout sera bon à prendre... Les amphis, je n'en avais vu qu'au cinéma, je me mets au milieu et sur le bord, voir le prof de profil, et la coulée de chignons, des cous, tous les cous des garçons, droits, rentrés, obliques, lequel choisir, lequel cocoler secrètement, échauffer du regard jusqu'à ce qu'il se retourne... Les fenêtres immenses ouvertes sur d'autres murs gris, un rien de ciel. Le vieux rêve, le rêve du cours élémentaire, il est réalisé : l'école bien fermée, rien que l'école, ne plus manger, ne plus dormir chez mes parents, le restau, la Cité, et ils sont là, les petits frères vicieux et caressants, à portée de stylo. Je m'en dégotterai un. J'avais réussi à m'enfermer dans la culture, dans cette immense salle de classe imaginée, loin du bistrot et de la saleté dans les coins. Je n'en revenais pas, Denise Lesur, pomme sure, la vieille étiquette décollée toute seule, ici, personne ne me connaît, personne ne me ramène à mes parents. Denise Lesur, étudiante. Je m'installe dans ce mot comme si je devais y rester toujours. Qu'est-ce que tu fais, toi ? Math géné, propé, dentaire. Des tas de visages porteurs du signe étudiant évoluent dans les mêmes cercles que moi, les amphis, le restau, la cafétéria. A l'intérieur du cercle, un autre petit cercle, étouffé, silencieux, l'église à livres, la bibliothèque, mon grand bonheur. Interdit de fumer, odeur d'ancienneté solennelle, tout accès formellement interdit à ceux qui ne sont pas inscrits. Les péquenots, les cons, les loufs. Ouvert du matin au soir, sauf le dimanche. Je monte les marches de pierre, je piétine les tapis décolorés, c'est le château de la belle au bois dormant, tout le monde fait mine de dormir derrière les lampes des tables. Il suffit d'avancer, une à une, les paires d'yeux se lèvent, une enfilade d'yeux, des baigneurs dans un magasin de jouets, seuls les yeux bougent. Assise à mon tour, je regarde les arrivants débouler du soleil, de la rue hétéroclite, vers une place raide et sombre, entre les rangées parallèles de bouquins, de lampes et de tables. Recueillis, fermés, sérieux. J'imagine des trucs délirants, le clodo du coin avec son litron oscillant dans l'allée centrale, mon père et ma mère venant me chercher, où que t'es encore allée, sale carne... Des vieux s'installent de temps en temps, mais du vieux débris bien soigné, luisant, cultivé, les cheveux propres, les lunettes, le petit sac, tout paraît prêt à se décrocher, ça tient à un fil, admirable. Et puis, les garçons sapés, devant leurs cahiers de cours, leurs livres... Des coups d'œil entre trois ou quatre pages de lecture. A la page trente-huit, je le regarderai. Gribouillage de notes, un alibi, sur Voltaire, Lamartine. Celui-là ou un autre. Les feuilles crissent, les chaises râpent le parquet, un bouton de lampe se ferme, une énorme envie de baiser qui se dégonflerait de temps en temps en bruits retenus. Le plus merveilleux, c'est de se sentir la tête bruissante de phrases intelligentes, *L'Etre et le Néant*, Nierkegaard, et le corps écarquillé d'envies confuses devant ces garçons noyés dans leurs bouquins, hautains, polards, fac de droit, philosophes...

Ça ne pouvait être qu'à la bibli.

Au restau, parmi les chocs de vaisselle, les débordements de légumes à la louche, les plateaux luisants comme les tables du café de mon père, les garçons me paraissaient lourdauds et bâfreurs, il y en a trop, qu'est-ce que je suis moi, avec mon désir, perdue dans les interpellations, les plaisanteries cochonnes. A la cafétéria, guère mieux, il y a beaucoup de Noirs, j'aimerais peut-être, mais comment accepter de me faire remarquer, de me sentir plus particulière que jamais... Autre distinction, que j'apprends à faire, les gars qui font sciences et les littéraires. Chimistes polards, mal fringués, sans conversation, presque des péquenots. Peut-être me ressemblent-ils ? A la bibli, les étudiants droit-lettres se rassemblent. Et là, j'ai le temps de les soupeser, de les regarder étaler leurs cours, déambuler à la recherche d'un Dalloz, de croire qu'ils ont des idées sur moi, qu'il n'y a pas de hasard quand ils s'assoient en face de moi. Les ratés habituels, deux ou trois qui ont changé de place, je m'étais fait des illusions. Cette fois, un bêcheur, un maigrichon blondinet, des pieds à la tête, j'en suis sûre, jusqu'à l'entrecuisse. Cette lèvre inférieure tortillée au-dehors, le mépris, la supériorité. Un fendeur de vent, un gringalet de luxe. Je croyais qu'il m'avait percée à jour, une étudiante en toc, à côté de lui, arrogant, prédestiné. « Droit constitutionnel. » Les paupières solidement baissées sur le livre jaune. Qu'il me méprisait. Des mains si étroites qu'elles... Je le trouvais trop sapé, trop bourgeois. Je l'écoute parler à ses voisins, ironique, à l'aise. La parole... Il ressemble à un pauvre type qui venait boire le coup chez mes parents, un menuisier, de jolies pommettes roses, saupoudré de poudre de bois, tubard au dernier degré. Pourquoi, avec une tête semblable, des paroles et des gestes si différents... Un samedi où j'avais en face de moi sa tignasse frisée, sa lèvre supérieure, l'appariteur s'est trompé, il lui a apporté les *Propos* d'Alain que j'avais demandés. Ou c'est moi qui m'étais trompée, exprès, dans le numéro de la table. Il a dû me passer le livre « Alain, le seul philosophe buvable ! ». Comme s'il les connaissait tous, qu'il soit revenu de toute la philosophie, cette aptitude à juger, à trancher... Embarquée par une petite phrase pas même drôle, embringuée jusqu'au bout, jusqu'à la sonde encoconnée, à cause de moi. Inférieure, me croire inférieure peut-être. La preuve, j'étais si contente d'aller prendre un pot avec lui au café de la Gare. Danser, dans une petite boîte sympa. Merdaillon de luxe, parapluie noir, serviette de cuir et cravate vieille tapisserie. Le baratin, le baratin, je n'ai jamais su y échapper. Troisième année de droit, le droit ça mène à tout, et un point de vue réaliste sur le monde, le reste, de la merde. Il parlait, j'étais minable. Il est brillant, clair, il a des théories sur l'argent, les lois, dominant la politique, se situant avec facilité. Et moi, moi, pas intelligente, une arriviste de la culture, je n'aime que la littérature. « Tu fuis le réel, voilà ! » Rien qu'une fille de cafetier qui veut s'en sortir, penser aux notes, aux examens, courir après des mentions, quelle connerie. Les deux pieds allongés sur la chaise en face, il me dissèque, je suis un peu ronde, j'ai trop parlé, il m'éblouit. Quelque chose d'énorme, une découverte que je fais pour la première fois, il existe des types comme lui, beaucoup peut-être, à qui le monde ne fait pas peur, à l'aise, une infinie liberté. Il fera ce qu'il veut, il ira aux Etats-Unis, il se présentera à l'E.N.A., un poisson dans l'eau. Moi, je ne suis qu'une pauvre fille bourrée d'humiliations, de désirs de grimper, tout ça c'est de l'énergie perdue. « Tu ne peux pas voir les vrais problèmes », dit-il. Emberlificotée. Ma condition, lui, je n'en sortirai jamais. C'est ça, cette démolition au coin de la table, qui m'attache à lui. Je me laisse rouler dans la farine, il a des parents tellement intelligents, qu'ils en sont gênés, ils font des efforts pour se mettre au niveau des autres... Ma mère, une drôle de musicienne, etc. Qu'est-ce que j'aurais à opposer, des histoires qui me dégoûtent, une manière de vivre pas imaginable pour lui, ça suffit bien que j'aie dit : « Je suis d'un milieu populaire, moi. » Il aime des tas de choses, des tas de plaisirs, la musique ancienne, le cinéma d'animation, la voile, le théâtre moderne. L'abondance, tout à prendre... Moi, je n'aime peut-être que la littérature, et encore, c'est suspect dans ma condition, les garçons, peut-être que les garçons. Je n'ai fait que me manger de haine, m'arc-bouter contre tout, ma culture c'est du toc. Je n'ai plus qu'à me fourrer le nez dans ma merde tout unie. La littérature, même, c'est un symptôme de pauvreté, le moyen classique pour fuir son milieu. Fausse des pieds à la tête, ma vraie nature, où est-elle ? Il ne parle pas que de moi, il parle en général, pourtant je sens ma nullité, mon insignifiance. Trois ans de droit, une famille extraordinaire, c'est toujours les familles des riches, des cultivés qui sont extraordinaires. Son père est ruiné, ça fait bien tout de même, chic, à côté de ceux qui ne pourront jamais l'être. Le décarpillage par la parole, le plus terrible, au bout de deux heures, quelques danses bien encastrées de temps en temps, j'étais lourde, maladroite, à plat devant lui. Marc. J'admire tout, même ses mots grossiers, il les aime parce qu'il ne les a pas entendu prononcer par ses parents à longueur de journée, comme moi. Flasque, une pauvre cloche heureuse. J'étais saoule, je savais comment ça allait finir. Tellement supérieur que je ne lui résisterai pas. C'est comme si il était déjà dedans à frétiller. Il faut que tout parte. Ça me fait un peu peur, ça saignera, un petit fût de sang, lie bleue, c'est mon père qui purge les barriques et en sort de grandes peaux molles au bout de l'immense rince-bouteilles chevelu. Que je sois récurée de fond en comble, décrochée de tout ce qui m'empêche d'avancer, l'écrabouillage enfin. Malheureuse tout de même, qui est-il, qui est-il... Mou, infiniment mou et lisse. Pas de sang, une très fine brûlure, une saccade qui s'enfonce, ce cercle, ce cerceau d'enfant, ronds de plaisir, tout au fond... Traversée pour la première fois, écartelée entre les sièges de la bagnole. Le cerceau roule, s'élargit, trop tendu, trop sec. La mouillure enfin, à hurler de délivrance, et macérer doucement, crevée, du sang, de l'eau.

Ce sera pareil, je ne peux pas m'empêcher de confondre les deux. C'était dans la deux-chevaux, ce sera peut-être ici, à la Cité. La vieille m'a demandé si j'avais perdu beaucoup de sang au dépucelage. Ecarter les cuisses, pareil. Ça fera une conclusion de flotte, de lambeaux gélatineux. Toute recrachée, la bave, la sueur, les huit mois de coucherie, à dégueuler par le bas et par le haut. Je n'aurai plus jamais envie de faire l'amour avec lui, je suis allée jusqu'au bout, pleine comme une chatte de cramouille, de poils blonds. Une fontaine de cramouille qui dégouline partout, lavée au sperme à m'en dégoûter pour toujours. Huit mois.

Pendant une semaine, je suis restée creuse, s'il avait pu rester dedans tout le temps. Pas seulement le plaisir. Je l'attends au Métropole devant un crème. Je me prends pour une héroïne de Françoise Sagan, étudiante, un amant, il fait son droit, une chanson de Guy Béart, *C'était hier, ce matin-là,* la couleur y est. Les chaises, le garçon de café, la triple rangée de Martini, Suze, apéritifs en tout genre, c'est un pur décor sans signification, et les arbres bouffés de la place, les vitrines, les passants. Ça ne me rappelle plus le boui-boui familial, ça ne m'humilie pas. Les grandes façades grises, avec des fenêtres immenses, rideaux sereins, les maisons bourgeoises, tant admirées, me sont indifférentes. Au contraire. Ça, la liberté, naviguer à l'aise partout, se foutre du monde, ne plus envier... Je veux lui ressembler, il a tout ce qui me manque, l'aisance, le baratin, une vie remplie de choses importantes, les disques, la voile, la conférence du général de Gaulle, la personnalité de ses parents. Jamais je n'aurai assez de temps pour sucer tout ça, oublier que quinze jours avant je ne connaissais ni le théâtre de Ghelderode, ni la musique ancienne, ni la différence entre un bordeaux et un bourgogne. « Ecoute cette interprétation, c'est la meilleure ! Ton poste à toi est dégueulasse, même pas la modulation de fréquence ! » J'accepte, je ne suis pas humiliée par ses critiques. Me taire et profiter, bouffer tout ce qui passe à ma portée, ses goûts, ses idées. Marc, l'amour peut-être, me laisser avoir ainsi, me laisser écrabouiller par un petit-bourgeois. Justement. « On sera mieux dans ma chambre, les piaules de la cité, ça fait H.L.M. ! » Bien sûr. La décoration et l'originalité, ça aussi, c'est de son côté : des formules de math sur les murs, des affiches, des bûches ramassées dans la forêt, objets que j'ai vus autrefois dans les caves et les greniers de la rue Clopart, vieux trucs qui me paraissent maintenant jolis. Sa chambre est pleine de goût, pour moi. Dans une demi-pénombre, nous écoutons Schutz, des motets *a capella*, avec un verre de whisky sur la peau de renne que sa mère lui a rapportée des sports d'hiver. Le plaisir, Marc, peut-être. « Ce que tu es salope ! » Ta bouche méprisante, cornet pour les bonbons violacés, ta peau de baigneur rosée qu'une petite fille vicieuse a rempli d'eau, laisse tout couler sur moi... Il m'offre la fête. Les disques en faisant l'amour, les rendez-vous au Métropole, avec les copains, et les parties de bridge, les discussions politiques. La soirée chez un poète de ses amis, tous en rond, assis par terre. Moi aussi, j'ai apporté des poèmes qu'on lit dans le recueillement, on boit, on est tous anarchistes. Quelle liberté, j'en étais étourdie et j'avais envie de rire, Denise Lesur ici... Les cénacles, ceux qui créent, qui écrivent, sûrs d'eux, pire que tout, j'aurais rampé devant eux. « Cul-terreuse », son injure favorite. Rien à dire, c'est vrai, mais je m'en fous, ils sont loin derrière, les culs-terreux de ma famille qui ne m'ont rien appris. Il sait tout des miens, c'est ma faiblesse, on n'en parle jamais, ça ne peut pas l'intéresser. Lui, il me parle de ses parents, enthousiaste, comme si j'étais des leurs. Huit mois à côté de lui, bonne chair, pas trop idiote. La morale de trouille, je n'y pense jamais, au creux de la peau de renne, en écoutant la *Passion selon saint Jean*. Ils ne pourraient pas imaginer, mes parents, ce décor. Et que je n'aie aucune honte à le montrer, le quat'sous, dans ces conditions. J'ai trouvé mon vrai lieu, ma vraie place, débarrassée même des souvenirs de sucre volé, de la jument noire de dix heures, des jeux stupides, quand elle nous faisait sentir ses culottes, à mon père et à moi, en riant. Je suis gentille avec eux, je les aime. « Tu ne peux pas les aimer, tu es trop différente d'eux ! » Non, il ne faut pas le dire, il n'a pas le droit, il a trop de chance, lui, de ne pas les avoir haïs. Je vais les voir une fois par mois. « As-tu de bonnes notes ? » Je ne ris pas, je ne veux pas les rabaisser. Le dimanche se passe à causer. Il y a moins de clients à cause du supermarché. Le restau, la bibli, les amphis, ils halètent, elle se frotte le dessous du sein. Tout ça pour leur fille, leur seule fille. Tranquille, sans haine, Marc et ma vraie vie. Chez eux, c'est l'excursion, le remords lointain. « Elle est bien plus gentille qu'avant, depuis qu'elle n'est plus à la maison... » qu'elle confie... Forcément, vus du Métropole, en face de lui qui lit *Le Monde,* ce sont de petits boutiquiers comme tous les autres, une classe de gens qui n'est plus la mienne, des étrangers dont je peux parler objectivement.

Rien ne trouble ma fête. A la fac, les disserts et exposés m'installent de manière lumineuse dans mon vrai milieu. Remarques fines, excellente argumentation... Les profs, eux, ils le savent, ils me jugent sur mon moi. Le seul, débarrassé des flaques de vomi au pied des tables, des saucisses prises au cul qu'on mangeait entre deux clients. Capable, comme ils disent, de déjouer les pièges d'une version latine, de rechercher les arguments qui militent en faveur de ci ou de ça, les ficelles, ce qui est sérieux. Mais la fête de l'esprit, pour moi, ce n'est pas de découvrir, c'est de sentir que je grimpe encore, que je suis supérieure aux autres, aux paumés, aux connasses des villas sur les hauteurs qui apprennent le cours et ne savent que le dégueuler. Moi, je fais ma pelote, je tire les fils du cours dans toutes les directions, ni vu ni connu. Devoir riche, tu parles ! Tout ça, c'est factice, tout juste bon à esbroufer la galerie, à me servir d'échelle. Aussitôt faits, exposés et disserts sont balancés à la poubelle, je ne m'en sers jamais deux fois, tout juste le souvenir d'une réussite. Agripper tout ce qui fait chaud aux joues, écraser la merde sous les livres froids de la bibli, les diplômes, les conversations philosophiques au Métropole, dans l'odeur molle de café, au milieu de l'après-midi, quand tout le monde travaille. Je serai agrégée de lettres, ça ressemblera presque à Simone de Beauvoir, les cafés, la piaule, se coucher à quatre heures du matin en discutant sur le tiers monde, cette misère exotique qui m'avait fait rêver dans ma boutique cradingue sans originalité, ça y ressemble déjà. Le soir des résultats de propé, un petit télégramme à mes parents pour éviter les reproches, tout de même il faut leur faire plaisir, qu'ils s'endorment avec mon image studieuse et blanche. J'épuise dans une boîte jusqu'au matin ma réussite. Je paierai le champ', les copains. La grâce, elle me soulève, elle me nimbe, j'ai un pied dans l'université, pro-pé-deu-ti-que, porte au son aigre franchie lestement. Terminée la trouille de tout rater, le coup du sort, les patates. *Verte campagne où je suis née*... Et toi, si j'y arrive, on pourrait peut-être se marier... Pourquoi chialer de bonheur ? « Laisse, Marc, elle est saoule ! » La banquette collante aux cuisses, je macère dans le champ', la peau et par saccades, les ondes chaudes qui s'éparpillent dans le tissu ouaté. Un vrai ruisseau. La chaleur, et comme si mon corps avait senti que ce serait la dernière fois, les serviettes pendues dans le grenier. Je ne pense à rien. Une pouque vidée, gluante d'alcool, de sueur, d'un flot tranquille et secret. Arrivée.

Il faut passer vite sur la fête, ne pas laisser remonter ce qui ressemble à l'attachement. La fête va finir, je ne m'en rends pas compte. Il faisait de plus en plus chaud, partout, dans sa chambre. Les envies se diluaient, se perdaient d'un seul coup, bizarres. C'était glauque, l'air, sa peau. « Fous-moi la paix un peu, avec cet examen à repasser en octobre... » Plus méchant, obscène, à cause de l'examen de droit loupé. Coulante de partout, l'impression d'être toujours entre deux spasmes. Floue, inexistante. Mais il me présente à sa mère, un jour, dans le salon de thé verdâtre de la rue du Gros-Horloge. Je suis prévenue : « Elle n'imagine pas qu'on baise ! » La gaucherie, la chaleur, m'ont rendue muette et stupide. Face à cette dame trop gentille, zozotante, petit lapin inoffensif et propre, je mesurais toute la distance entre ma mère et elle. Cette bonne femme, elle n'a pas besoin de diplômes, de rien, pour être à l'aise. Rires. « Je mélange tout, Waldeck-Rochet, c'est le parti socialiste ou la C.G.T. ? Explique-moi, mon chéri ! » Tout ce que j'avais imaginé, elle l'a, c'est irréel à force, le collier de perles, la blondeur discrète, la douceur, les friselis d'oiseau, les mots tendres à son fils. La mère que j'aurais voulu avoir. Et je la déteste au fond. « Vous êtes une littéraire, vous ? J'adorais la littérature, j'avais toute la collection du critique, vous savez, Faguet, je crois ? » Gentille, cultivée, futile, mais je suis une méduse vulgaire à côté, la pouffiasse qui remonte. « Mais oui, tu lui as fait une très bonne impression, je t'assure, un peu polarde, seulement. » Je suis heureuse encore d'avoir fait bonne impression, des miettes.

Huit jours qu'il n'y avait rien. Le goudron se met à fondre sous le gravillon de la rue Clopart, des petits îlots secs flottant sur des plaques luisantes. J'ai eu mal au cœur. Chez mes parents, parce que je choisis toujours ce moment-là pour aller les voir, déballer le vieux linge odorant, on dirait du poisson séché, la preuve qu'ils n'ont rien à craindre pour cette fois, je ne tourne pas mal. Le dimanche, j'ai su que c'était arrivé. Il va falloir trouver un truc pour lui cacher, à ma mère. Je les regarde s'empiffrer de poulet, à deux mains, ce dimanche, et saucer le jus, le bout de pain, le remettre dans l'assiette, tout ramolli, recommencer, l'assiette nette. Un client leur parle à travers l'embrasure de la porte de la cuisine. Entre deux bouchées. Je suis coincée à table entre lui et elle. Oui, j'étais contente, j'éclatais de revanche, pourvu que ce soit vrai, que ça soit arrivé, le malheur, la débâcle, préparez la trouille, les hurlements, elles ne viendront plus, regarde, la mère Lesur, comme on t'appelle dans le quartier, elles ne sèchent pas sur le fil cette fois, tu ne calcules donc pas. Je ne pouvais pas m'expliquer, cette joie, tout le plaisir cristallisé peut-être, gonflé à l'intérieur. Et la haine revient au triple galot, à la place du sang. Ils ont ce qu'ils méritent, ils m'ont fait trop chier à être comme ils étaient. Quand on baise seulement, il n'y a pas de preuves, on peut toujours se dire que ce n'est pas vrai, non, Ninise, elle n'a pas fait ça, mais là, enceinte, ils verront tout de suite, les jambes écartées, la danse, fini, emballé, c'est plus des idées. J'en crevais presque de fierté, ils avaient eu les chocottes, avec le petit rouquin, et après peut-être, quand ils ne disaient rien, les filles du quartier à qui ça arrive, mariées vite fait... A leur tour maintenant de gémir. Mais je n'ai rien dit encore, j'attendais de lui annoncer, à lui. Huit jours de triomphe, j'ai éprouvé, comme un prolongement très doux du plaisir. Je l'ai avalé, lui, le petit-bourgeois, la bonne éducation, l'autre milieu. Presque un degré au-dessus de propédeutique.

Il était en Autriche avec ses parents, il n'avait pas reçu ma lettre. Quinze jours sans arriver à mettre la main dessus. Le goût de viande crue m'imbibe, les têtes autour de moi se décomposent, tout ce que je vois se transforme en mangeaille, le palais de dame Tartine à l'envers, tout faisandé, et moi je suis une poche d'eau de vaisselle, ça sort, ça brouille tout. Le restau en pleine canicule, les filles sont vertes, je mange des choses immondes et molles, mon triomphe est en train de tourner. Et je croyais qu'il s'agissait d'une crise de foie. Couchée sur mon lit, à la Cité, je m'enfilais de grands verres d'hépatoum tout miroitants, une mare sous des ombrages, à peine au bord des lèvres, ça se changeait en égout saumâtre. La bière se dénature, je rêve de saucisson moelleux, de fraises écarlates. Quand j'ai fini d'engloutir le cervelas à l'ail dont j'avais une envie douloureuse, l'eau sale remonte aussitôt, même pas trois secondes de plaisir. J'ai fini par faire un rapprochement avec les serviettes blanches. Une sorte d'empoisonnement.

« Quelle couille ! » Il était venu à la Cité. « Je n'aurai pas le temps de m'occuper de toi, l'exam... » Il gémissait, il prenait une tête absente, le petit con. Il l'a eu son exam, moi j'attends toujours. J'avais cru qu'il se débrouillerait, on se débrouille de tout dans sa famille, qu'il dit, il aurait pu en parler à sa mère, le petit lapin cultivé, pourquoi ne pas lui dire... Conne vraiment. Et la bourse ne suffirait pas. « Je t'en prêterai... » Il était excité, les caresses louches. Le nénuphar de caoutchouc commence à me boucher la poitrine, j'allais pleurer de rage. Il continuait à trouver du plaisir, à lâcher ce piège innocent, cette résine au parfum de fleur de poirier, qui me remonte dans le ventre, qui me submerge. Comment c'était le plaisir avant, tout se délite, tout est gras. Il me méprise, il m'humilie, je suis prête à dégueuler sur ses cheveux, sur l'oreiller, dans le verre de Martini.

La dé-fête, ça va vite. L'escalier, la rue, le pont, en marchant, une seule perspective, la table de cuisine pour se faire rincer au goupillon par une avorteuse, la trouver aussi, la payer. Sous quel toit se niche-t-elle, la femme noire, l'amie sournoise, la bonne mère, qui trifouille, déboulonne et console... Il m'a fallu deux mois, dans la ville une maison, dans cette maison une pièce, dans cette pièce un buffet, dans ce buffet un sac et puis des instruments, des tuyaux... « Arrêtez de crier mon petit ! » Ça n'a pas de sens, une cohorte de têtes brunes, rousses, une procession de garçons, chairs douces, bouches licheuses, et d'un seul coup, rien. La punition, Ninise, trouée, écartelée. On ne peut pas s'empêcher d'y penser quand c'est le même endroit. Le plaisir, la petite voie pour lui, et couic, le déverrouillage, l'enfonçure, « ça rentrera bien, c'est toujours rentré ! », avec la main piquetée de lentilles. La douleur, la douleur.

Toute seule à attendre le débondage, à en crever peut-être. Il faudrait faire entrer de l'air froid, ça sent la pomme écrasée. Cette espèce d'eau traverse toutes les fissures du ventre, elle a imbibé la couverture. Comme la chatte des voisins qui venait faire ses petits dans mes draps, les miens seulement, en cercles rosés et odoriférants. « Elle se vide, c'est la fin », dit ma mère quand elle revient de chez une vieille. Personne n'est venu pour moi, il faut vider toute seule le petit sac de haine, rougeâtre, le loupé d'avance. Ne pas pouvoir aller chez eux, mes parents, leur expliquer, oublier tout ! J'aurai mes certifs de licence, l'agrégation peut-être. Elle croirait pas, elle penserait que j'ai été violée. Par un Arabe de préférence. Si je crève, ils deviendront dingues, avoir travaillé pour rien. Ninise... Ils fermeront boutique, ils ne viendront plus les schnocks, les économiquement faibles, les bonnes femmes en chaussons. Mais je ne serai plus là. Elle me rapportait des Esquimaux du marché, en été, à moitié fondus. Elle suait même autour des yeux, tellement elle s'était dépêchée. Tué père et mère en secret. Ils se promènent sous la hêtraie, le soleil s'emprisonne dans les arbres noirs, Vannée, je voulais l'appeler Vannée, à cause de sa peau poudrée, fanée déjà, de sa robe beige en cloqué, lourde de seins. C'était l'automne, on buvait du café au lait dans la cuisine en rentrant, et le premier client disait en poussant la porte, le fond de l'air est mucre. J'ai été coupée en deux, c'est ça, mes parents, ma famille d'ouvriers agricoles, de manœuvres, et l'école, les bouquins, les Bornin. Le cul entre deux chaises, ça pousse à la haine, il fallait bien choisir. Même si je voulais, je ne pourrais plus parler comme eux, c'est trop tard. « On aurait été davantage heureux si elle avait pas continué ses études ! » qu'il a dit un jour. Moi aussi peut-être. L'esquimau coulait sur les verbes latins du troisième groupe, elle l'avait ramené en godaillant à toute vitesse. Ils faisaient tout pour moi. La quantité de choses écrabouillées, celle-là, crochée, crevée, qu'il va falloir recracher toute seule aux chiottes. En eau de boudin. Pour repartir. Où. « Tu l'as dans l'os », que disent les joueurs de dominos du dimanche, je ne savais pas ce que ça voulait dire. Il ne viendra pas, il part aux U.S.A. dans une semaine. Les bouteilles de cidre travaillaient à la canicule, les bouchons fusaient, ça moussait jaune sur la terre de la cave. Des tessons qui se retrouvaient à trois mètres et des bouteilles éclatées sur place comme des fleurs. Vides. Et si c'était à cause de lui, des bourgeois, des gens bien que je suis en train de m'extirper mes bouts d'humiliation du ventre, pour me justifier, me différencier, si toute l'histoire était fausse... Enceinte et ça n'aurait pas de sens.

Je ne voudrais pas crever. La concierge est toujours en bas, le dimanche, à la Cité.

30 septembre 1973

DU MÊME AUTEUR

Aux Éditions Gallimard

CE QU'ILS DISENT OU RIEN, *roman.*

LA FEMME GELÉE, *roman.*

LA PLACE. – "de la vie de son père"

UNE FEMME. – "sur sa mère"

PASSION SIMPLE.

COLLECTION FOLIO

Dernières parutions

2355.	John Saul	*L'ennemi du bien.*
2356.	Jean-Loup Trassard	*Campagnes de Russie.*
2357.	Francis Walder	*Saint-Germain ou la négociation.*
2358.	Voltaire	*Candide et autres contes.*
2359.	Robert Mallet	*Région inhabitée.*
2360.	Oscar Wilde	*Le Portrait de Dorian Gray.*
2361.	René Frégni	*Les chemins noirs.*
2362.	Patrick Besson	*Les petits maux d'amour.*
2363.	Henri Bosco	*Antonin.*
2364.	Paule Constant	*White spirit.*
2365.	Pierre Gamarra	*Cantilène occitane.*
2367.	Tony Hillerman	*Le peuple de l'ombre.*
2368.	Yukio Mishima	*Le temple de l'aube.*
2369.	François Salvaing	*De purs désastres.*
2370.	Sempé	*Par avion.*
2371.	Jim Thompson	*Éliminatoires.*
2372.	John Updike	*Rabbit rattrapé.*
2373.	Michel Déon	*Un souvenir.*
2374.	Jean Diwo	*Les violons du roi.*
2375.	David Goodis	*Tirez sur le pianiste !*
2376.	Alexandre Jardin	*Fanfan.*
2377.	Joseph Kessel	*Les captifs.*
2378.	Gabriel Matzneff	*Mes amours décomposés (Journal 1983-1984).*
2379.	Pa Kin	*La pagode de la longévité.*
2380.	Robert Walser	*Les enfants Tanner.*
2381.	Maurice Zolotow	*Marilyn Monroe.*

2382. Adolfo Bioy Casares — *Dormir au soleil.*
2383. Jeanne Bourin — *Les Pérégrines.*
2384. Jean-Denis Bredin — *Un enfant sage.*
2385. Jerome Charyn — *Kermesse à Manhattan.*
2386. Jean-François Deniau — *La mer est ronde.*
2387. Ernest Hemingway — *L'été dangereux (Chroniques).*
2388. Claude Roy — *La fleur du temps (1983-1987).*
2389. Philippe Labro — *Le petit garçon.*
2390. Iris Murdoch — *La mer, la mer.*
2391. Jacques Brenner — *Daniel ou la double rupture.*
2392. T.E. Lawrence — *Les sept piliers de la sagesse.*
2393. Pierre Loti — *Le Roman d'un spahi.*
2394. Pierre Louÿs — *Aphrodite.*
2395. Karen Blixen — *Lettres d'Afrique, 1914-1931.*
2396. Daniel Boulanger — *Jules Bouc.*
2397. Didier Decoin — *Meurtre à l'anglaise.*
2398. Florence Delay — *Etxemendi.*
2399. Richard Jorif — *Les persistants lilas.*
2400. Naguib Mahfouz — *La chanson des gueux.*
2401. Norman Mailer — *Morceaux de bravoure.*
2402. Marie Nimier — *Anatomie d'un chœur.*
2403. Reiser/Coluche — *Y'en aura pour tout le monde.*
2404. Ovide — *Les Métamorphoses.*
2405. Mario Vargas Llosa — *Éloge de la marâtre.*
2406. Zoé Oldenbourg — *Déguisements.*
2407. Joseph Conrad — *Nostromo.*
2408. Guy de Maupassant — *Sur l'eau.*
2409. Ingmar Bergman — *Scènes de la vie conjugale.*
2410. Italo Calvino — *Leçons américaines (Aide-mémoire pour le prochain millénaire).*
2411. Maryse Condé — *Traversée de la Mangrove.*
2412. Réjean Ducharme — *Dévadé.*
2413. Pierrette Fleutiaux — *Nous sommes éternels.*
2414. Auguste le Breton — *Du rififi chez les hommes.*
2415. Herbert Lottman — *Colette.*
2416. Louis Oury — *Rouget le braconnier.*
2417. Angelo Rinaldi — *La confession dans les collines.*
2418. Marguerite Duras — *L'amour.*
2419. Jean-Jacques Rousseau — *La Nouvelle Héloïse, I.*

2420.	Jean-Jacques Rousseau	*La Nouvelle Héloïse, II.*
2421.	Claude Brami	*Parfums des étés perdus.*
2422.	Marie Didier	*Contre-visite.*
2423.	Louis Guilloux	*Salido* suivi de *O.K., Joe!*
2424.	Hervé Jaouen	*Hôpital souterrain.*
2425.	Lanza del Vasto	*Judas.*
2426.	Yukio Mishima	*L'ange en décomposition (La mer de la fertilité,* IV).
2427.	Vladimir Nabokov	*Regarde, regarde les arlequins!*
2428.	Jean-Noël Pancrazi	*Les quartiers d'hiver.*
2429.	François Sureau	*L'infortune.*
2430.	Daniel Boulanger	*Un arbre dans Babylone.*
2431.	Anatole France	*Le Lys rouge.*
2432.	James Joyce	*Portrait de l'artiste en jeune homme.*
2433.	Stendhal	*Vie de Rossini.*
2434.	Albert Cohen	*Carnets 1978.*
2435.	Julio Cortazar	*Cronopes et fameux.*
2436.	Jean d'Ormesson	*Histoire du juif errant.*
2437.	Philippe Djian	*Lent dehors.*
2438.	Peter Handke	*Le colporteur.*

Impression Bussière à Saint-Amand (Cher),
le 30 décembre 1992.
Dépôt légal : décembre 1992.
1er dépôt légal dans la collection : octobre 1984.
Numéro d'imprimeur : 3621.
ISBN 2-07-037600-1./Imprimé en France.

57771